KB152672

화가가
사랑한
파리
미술관

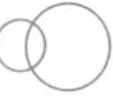

이소 작가와 떠나는 그림 산책

예술과 낭만이 흐르는

센 강변의 미술관을 걷다

화가가 사랑한 파리 미술관

이소 지음

다독다독

prologue_

봉주르, 파리!

파리 샤를 드골 공항.

첫눈에 들어온 잿빛 하늘이 파리임을 확인시켜준다. 이곳에서 보낸 지난 6년여 시간이 영화처럼 눈앞에 스쳐 지나간다. 떠날 때는 자주 오리라 생각했건만 한국에서 보내는 일상은 장거리 여행을 쉬이 허락하지 않았다. 그런 아쉬움이 들자 파리를 향한 그리움은 더욱 커져만 갔고, 파리 이야기만 나오면 늘 수다쟁이가 되곤 했다. 기나긴 그리움의 시간을 견디고 드디어 파리행 비행기에 몸을 실었다. 파리의 미술관을 소개한다는 목적을 앞세워, 과감히. 그렇게 수년 만에 고대하던 파리 하늘 아래다.

봉주르, 파리!

유학 시절 파리는 나에게 일상의 도시일 뿐이었다.

에펠탑은 파리 어디에서나 보이는 철탑이었고 루브르는 미술대 학생증만 보여주면 무료 입장이 가능한 만만한 미술관에 불과했다. 파리 외곽의 화가 생가와 그림 속 실제 풍경을 보고도 특별한 감흥이 없었다면 누가 믿을까. 당시 학업에 치여 마음의 여유가 없던 탓이기도 하지만 그보다 너무 가까이 있어 그 귀함을 몰랐던 것 같다. 이제와 파리를 떠나고 보니 그 소소한 일상이 사무치게 그리웠다. 그래서 이번에는 오롯이 여행자의 모습으로 편안하게 파리를 즐기려 한다.

미술관 방문에 앞서 나는 파리 미술관들을 네 가지 테마로 묶었다. 1부는 작품에 담긴 이야기를 통해 역사의 흔적을 느낄 수 있는 미술관, 2부는 화가가 생애 마지막 순간에 머문 작업실이 미술관으로 재탄생한 곳으로 화가의 영혼과 작품 세계가 담겨 있는 미술관, 3부는 아름다운 건축물이 돋보이는 미술관, 마지막 4부는 파리 토박이가 귀띔해준, 파리지앵이 사랑하는 미술관이다.

세상에서 가장 훌륭한 미술 작품은 자신의 심장에 울림을 주는 작품이다. 아무리 유명한 작가의 작품일지라도 내 마음에 와 닿지 않는다면 무슨 의미가 있을까. 나의 미술 이야기가 그림으로 향하는 마음의 문을 여는 열쇠가 되어 무심코 지나쳤던 작품에 다시금 시선이 머물고 미술관을 더 친근하게 찾는 계기가 되기를 바란다.

이제 파리 산책을 시작해볼까.

오랜 친구처럼 편안한 나의 파란 운동화가 파리 구석구석을 함께 누벼줄 것이다. 낭만과 운치로 가득한 센 강이 이어주는 파리 미술관들의 향기에 흠뻑 취하고 싶다. 한때 파리지앵이었던 그림쟁이의 가슴속이 새삼 설렘으로 가득하다.

유학 시절 나의 든든한 버팀목이었던 오드레와 다독다독 출판사의 노영현 대표에게 애정을 담아 감사의 마음을 전한다.

En remerciant de tout mon coeur ma chère amie Audrey.

2017년, 이소

1부 시간의 미술관

역사의 흔적을 따라

2부 영혼의 미술관

화가의 삶을 따라

3부 공간의 미술관

건축의 미를 따라

4부 파리지앵의 미술관

파리지앵의 발길을 따라

역사의 흔적, 화가의 삶, 건축의 미가 돋보이는
화가가 사랑한 파리의 미술관 19곳

CONTENTS

prologue 4

루브르 미술관 파란만장 왕실의 역사를 담은 영원한 문화의 보고 11
오르세 미술관 파리 시민의 민낯과 일상을 품다 67
오랑주리 미술관 온실의 아늑함을 간직한 수련의 방 129
마르모탕 모네 미술관 여유로운 초록길 끝의 일출의 시간 137

들라크루아 미술관 예술가의 존경을 받은 진정한 예술가 145
모네의 집 아름다운 정원이 드러내는 수련 연못의 흔적 161
고흐의 집 고뇌와 열정 사이의 방황을 따라 185
로댕 미술관 지독히 인간적인 조각들 211
귀스타브 모로 미술관 풍성한 예술 작품의 향연 241

베르사유 성 숨 막히는 화려함의 전당 257
그랑 팔레 국립갤러리/프티 팔레 파리시립근대미술관 영감이 넘치는 기획전을 찾아서 273
퐁피두 센터 유럽 최고의 현대미술 복합 공간 285
케 브랑리 미술관 마음이 노니는 미술관 산책 295

까르띠에 현대미술재단 신진 작가를 발견하는 즐거움 309
쥐 드 폼 국립갤러리 동시대미술을 즐기고 싶다면 315
파리시립근대미술관 파리 시가 소장한 걸작 미술품 321
팔레 드 도쿄 밤의 미술관, 젊은이들의 놀이터 325
세르뉘시 미술관 시니어 파리지앵의 진중한 관람처 331
기메 아시아 미술관 프랑스 최대 아시아 미술관 333

참고문헌 338

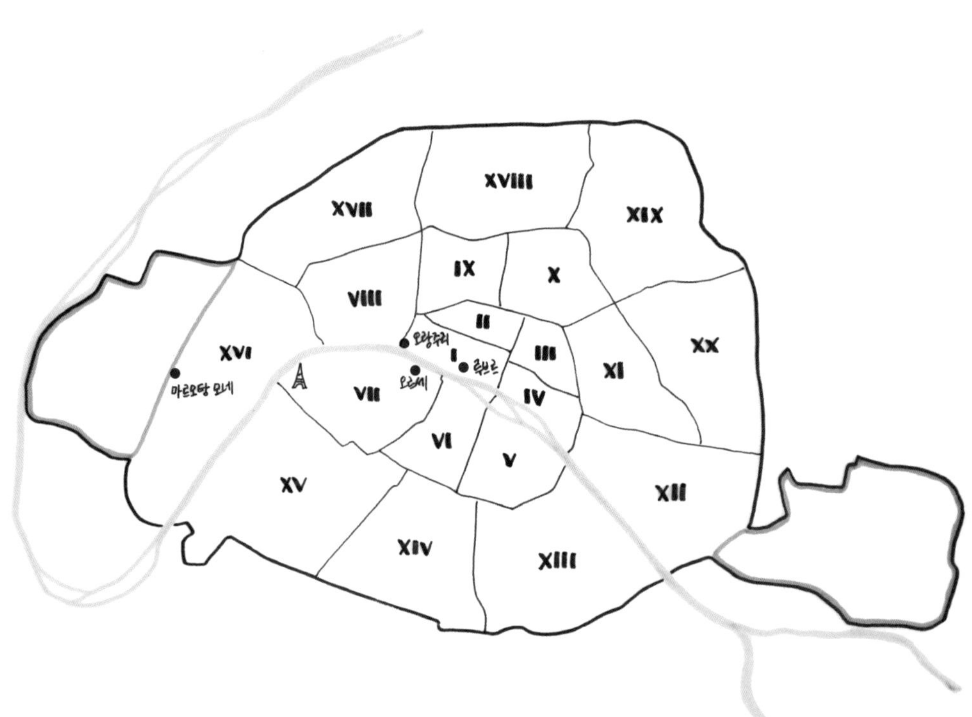
XVIII
XVII
XIX
IX
X
VIII
II
XX
XVI
오랑주리
I
III
루브르
XI
마르모탕 모네
오르세
VII
IV
VI
V
XV
XII
XIV
XIII

1부

시간의 미술관

역사의 흔적을 따라

루브르 미술관

오르세 미술관

오랑주리 미술관

마르모탕 모네 미술관

루브르 미술관

Musée du Louvre

파란만장 왕실의
역사를 담은
영원한 문화의 보고

파리에 도착한 다음 날, 크루아상과 에스프레소 한 잔으로 아침을 대신하고 서둘러 호텔을 나선다. 설렘 때문인지 시차로 인한 피로는 온데 간데 없고 날짜변경선을 건너 파리로 공간이동을 한 기분이다. 파리 여행 첫번째 행선지, 지하철 1호선 팔레 루아얄, 루브르 미술관Palais-Royal, Musée du Louvre 역에서 내려 지상으로 올라와 남쪽 카루젤 광장Place du Carrousel으로 향한다. 역에서 미술관으로 바로 연결되는 지하 입구가 있지만, 오늘은 오랜만에 지상의 파리를 눈에 담고 싶다. 저 멀리 튈르리 공원에서 평일 아침 조깅하는 사람들의 모습이 반갑다. 꽃들의 화려한 향연을 마치고 가을을 맞은 센Seine 강변이 한 폭의 그림 같다.

루브르 광장의 피라미드 쪽으로 고개를 돌리니 먼저 도착한 관광객들이 표를 사기 위해 줄을 길게 서 있다. 그들 사이로 유니폼 입은 직원이 몇몇 사람을 입구로 보낸다. 어제 공항에서 산 뮤지엄 패스Paris Museum Pass를 들어 보여주었더니 나보고도 오라고 손짓을 한다. 패스가 있으면 따로 표를 살 필요 없이 바로 입장할 수 있다. 2일권, 4일권, 6일권 중 나는 6일권을 구입했다. 6일 동안 뮤지엄 패스로 입장이 가능한 미술관들을 우선 방문하려 한다. 오늘 미술관을 나설 때 조금 아쉬운 마음이 든다면 밤 9시 45분까지 문을 여는 수요일이나 금요일 저녁에 다시 와야겠다.

루브르는 파리에서 가장 친절한 미술관이다. 세계 최고의 미술관답게 안내 지도는 14개국 언어로 번역되어 있고, 오디오 가이드도 7개국 언어로 제작되어 있다. 무엇보다 한국어로 된 오디오 가이드가 있어서 좋다. 루브르를 처음 방문하는 사람은 물론 루브르의 작품들을 어느 정도 알고 있더라도 오디오 가이드를 추천한다. 시대적 배경이나 작가의 의도, 표현 기법을 알고 감상하면 작품을 이해하는 데 훨씬 도움이 되기 때문이다. 이해라 하니, 마치 미술 감상에 정답이 있는 것 같아 적절한 표현이 아닌 듯 하다. 하지만 정보가 다양하면 작품을 보고 느끼는 감정의 스펙트럼이 넓어진다. 나 역시 미술관에서는 늘 오디오 가이드를 들으며 작품을 감상한다.

루브르에서는 사실상 작품 사진을 찍을 수 있다. 일반적으로 미술관은 작품 보호와 정숙한 관람 분위기를 위해 사진 촬영을 허용하지 않는다. 그런데 요즘 루브르에서는 플래시만 터트리지 않으면 대부분의 안내원이 촬영을 묵인한다. 언제 다시 엄격하게 감독할지 모르지만, 상술이든 배려든 사진으로 추억을 남길 수 있게 해주니 고마울 따름이다. 이러한 서비스의 영향일까? 프랑스 주간지

《르 누벨 옵세르바퇴르Le Nouvel Observateur》의 2015년 1월 6일자 기사에 따르면 2014년 루브르의 한해 방문객 수는 930만 명에 이르렀고 이 중 70퍼센트가 외국인이었다고 한다. 실로 세계 최고 인기 미술관다운 수치다.

루브르를 알면 역사가 보인다

루브르는 세계문화유산이자 세계 3대 미술관으로, 질적으로나 양적으로 타의 추종을 불허할 정도인데, 나는 루브르가 예술적 갈증을 채우는 곳이기도 하지만 교육의 장소라고도 생각한다. 미술사뿐 아니라 유럽 역사를 공부하는 데 루브르만 한 곳이 없다. 루브르의 소장품을 관람하고 건축물을 보는 것만으로도 미적 희열을 만끽할 수 있지만 그 안에 깃든 이야기를 따라가면 프랑스와 유럽의 역사까지도 알 수 있다.

루브르의 소장품은 프랑스 국왕 샤를 5세Charles V, 1338-1380와 프랑수아 1세François I, 1494-1547의 애장품에서 시작되었다. 이후 프랑스혁명 때 성직자와 귀족들의 미술품을 몰수하면서 소장량이 늘었고, 유럽을 제패한 나폴레옹 1세Napoleon I, 1769-1821가 집권하면서 유럽 여러 지역에서 약탈한 전리품이 더해져 다시 한번 그 양이 크게 증가했다. 나폴레옹이 워털루 전쟁에서 참패한 뒤 상당수가 본국으로 반환되었지만, 수집과 기부가 끊이지 않고 이어져 나폴레옹 3세Napoleon III, 1808-1873 때는 소장 작품이 2만여 점에 이르게 된다.

관람객 사이로 그림을 모사하고 있는 몇몇 사람이 보인다.

현재 루브르에는 고대부터 1848년까지의 작품 38만여 점 이상이 있으며 그중 3만 5,000여 점을 지역·연대·장르별로 전시하고 있다(1848년 이후의 작품들은 오르세 미술관과 퐁피두 센터의 국립근대미술관이 소장하고 있다).

방대한 소장량을 자랑하는 루브르의 이면에는 '약탈품 수장고'라는 곱지 않은 시선도 있다. 그러나 지속적으로 좋은 작품을 매입하고 상설 전시 및 참신한 기획전을 통해 전 세계 미술애호가들의 발길이 끊이지 않는, 명실상부 세계 최고의 미술관으로서의 위상을 굳건히 지키고 있다.

루브르에서는 현장학습을 나온 학생 무리도 쉽게 볼 수 있다. 선생님이 설명을 하고 학생들은 바닥에 앉아 이를 경청한다. 미술과 가까운 그들의 환경이 부러울 따름이다. "태어나 보니 파리였어요. 그래서 루브르에 현장학습 가요."가 이들에게는 지극히 자연스러운 일이다.

원화와 크기가 다르면 모사(따라 그리기)가 허용되는 덕에, 그림 앞에서 습작과 모작을 하는 이들도 보인다. 선대 화가들이 그랬던 것처럼, 미술을 전공하는 학생은 물론 그림을 배우려는 많은 사람이 실기 연습을 하고자 이곳을 찾는다. 루브르는 또 다른 형태의 학교, 배움의 장소다.

루브르, 파리의 요새에서 미술관으로!

루브르는 건축물 자체가 하나의 거대한 예술 작품이다. 카루젤 광장에서 루브르를 바라다 보면 그 미려함이 더 크게 와닿는다. 세계 최고의 걸작들이 전시되는 곳다운 웅장함이 돋보인다. 마치 이런 걸작을 품고 있다는 게 당연하다는 듯이.

루브르는 처음부터 미술관으로 지어진 것이 아니다. 12세기 후반 필립 2세가 외세의 공격으로부터 파리를 지키기 위해 착공한 군사 요새가 루브르의 기원이다. 이후 14세기 후반 샤를 5세가 이 요새를 확장하여 왕의 거처로 삼았다. 그러나 백년전쟁을 치르면

쉴리관 지하에는 중세 시대의 흔적이 곳곳에 남아 있다.

서 루아르 강 유역으로 왕의 거처가 옮겨지자 한동안 궁으로서의 기능을 상실한다. 그러다가 16세기에 퐁텐블로 성에 기거하던 프랑수와 1세가 루브르 궁으로 돌아오면서 다시 왕궁의 기능을 되찾는다.

프랑수와 1세는 문화예술에 대한 애정이 남달랐다. 이탈리아 전쟁 참전 당시 르네상스에 감복하여 레오나르도 다 빈치를 비롯한 몇몇 예술가들을 프랑스로 초청하여 후원한다. 이전 왕들이 이탈리아의 영토를 차지하는 데에만 급급했던 반면 프랑수와 1세는 문예부흥을 꿈꾸었다. 그 애정이 넘쳐 욕조가 놓인 방에 〈모나리자〉와 자신의 애장품을 걸어놓았다는 일화가 있을 정도니, 루브르 미술관이 프랑수와 1세의 욕실에서 시작되었다는 우스갯소리에도 고개가 끄덕여진다.

루브르가 미술품 전시 장소로 사용되기 시작한 것은 17세기에 들어서다. 루이 14세가 주요 거처를 베르사유 성으로 옮기면서 왕실의 수집품을 루브르 궁에 전시한다. 이후 나폴레옹은 전쟁에서 승리한 후 점령지에서 수많은 예술품을 거둬들이고, 고고학 연구 활동으로 복원한 유물들을 이곳으로 들여와 루브르를 지상 최대의 보물 창고로 만든다.

태생부터가 왕실의 전유물이던 루브르가 일반 시민에게 공개된 것은 프랑스혁명을 통해서다. 불평등한 사회체제 아래 착취당한 시민들이 1789년 7월 14일 바스티유 감옥을 습격하면서 프랑스 혁명이라는 역사적 사건을 일으키고 루이 16세로부터 항복을 받아낸다. 이후 시민대표들로 구성된 국민의회가 루브르를 '국립중앙미술관'으로 선포하자 1793년 8월 10일 시민에게 공개된다. 시민 혁명으로 왕족과 성직자, 귀족 등 특권 계층만이 누리던 예술 작품을 일반 시민도 향유할 수 있게 된 것이다. 멋의 대명사 파리지앵, 그들에게도 크나큰 역사의 상처가 있었고 그 상처의 영광으로 획득한 것이 바로 오늘날의 루브르 미술관이다.

유리 피라미드, 루브르의 영원을 예고하다

루브르는 20세기 후반 또 한번 대대적인 리모델링을 실시한다. 1981년 프랑수아 미테랑 대통령François Mitterrand은 석유파동 이후 국가재정이 악화되자 프랑스혁명 200주년을 기념하는 만국박람회 개최를 포기하고 도시개발정책을 공포한다. 이 정책의 일환으로 '그랑 루브르Grand Louvre' 프로젝트가 시작된다. 넘쳐나는 소장품들로 몸살을 앓던 루브르가 온전한 미술관으로 거듭날 수 있도록 여러 개로 나뉜 출입구를 합치고, 작품 수장고와 미술관 운영에 필요한 지원 시설, 그리고 관람객을 위한 편의시설을 확충했다.

설계안을 공모한 결과 중국계 미국인 건축가, 이오 밍 페이Ieoh Ming Pei가 선정되다. 그는 미국 내셔널 갤러리 동관과 인디애나 미술관을 설계한 실력파로 돌과 콘크리트, 유리, 강철 등을 이용해 추상적이며 상징적인 건축을 추구하는 모더니즘 건축가다.

이오 밍 페이는 유리 소재를 선택하여 기존 건물의 미관을 해치지 않으면서도 조화를 이루어내는 데 성공했다. 빛이 모이는 유리 피라미드에는 루브르가 동양과 서양을 잇고, 내세와 현세를 모두 아우르는, 영원한 문화의 보고가 되리라는 페이의 염원이 담겼다. 그의 설계가 탁월했음을 증명이라도 하듯 유리 피라미드는 어느덧 루브르의 상징이 되어 전 세계에서 찾아온 관람객들을 늘 환하게 맞이한다.

카루젤 광장에서 바라본 루브르.

카루젤 광장 지하에서는
역피라미드를 볼 수 있다.

루브르 미술관은 가운데 피라미드를 두고 남쪽으로는 드농관, 동쪽으로는 쉴리관, 북쪽으로는 리슐리외관이 'ㄷ'자 형태로 배치된 구조다. 지하와 1층에는 고대 유물 및 조각, 2층과 3층에는 회화와 공예품을 전시한다.

드농관은 가장 인기 많은 곳으로 그리스 고미술과 북유럽의 조각 작품, 이탈리아와 프랑스의 회화 대작들이 있다. '드농'은 나폴레옹 1세 때 전장을 쫓아다니며 점령국의 예술품을 선별하여 수

집한 비방 드농Vivant Denon, 1758-1823의 이름에서 따 왔다. 그는 루브르 미술관의 초대 관장을 지내기도 한 인물이다. 프랑스인에게는 위대한 미술관의 시작을 함께한 위인일지 몰라도 한편으론 미술품 약탈자라는 생각때문에 마음이 어수선하다. 본인의 의지와는 상관없이 그의 이름을 기억하지 않을 수 없게 되었다.

쉴리관에서 가장 처음 눈에 띄는 곳은 지하다. 중세 시대의 흔적을 느낄 수 있는 공간에서 느리게 걷는 것만으로도 즐겁다. 이어 1층과 2층에는 각종 유물을, 3층에는 프랑스 회화를 전시한다. '쉴리'는 앙리 4세Henri IV, 1553-1610 시절 루브르 대확장 공사를 주도한 쉴리 공작duc de Sully, 1560-1641의 이름에서 따 왔다. 그는 앙리 4세를 도와 종교전쟁으로 황폐해진 프랑스를 재건하는 데 큰 공을 세우기도 했다.

리슐리외관은 원래는 재무성이 있던 곳으로 20세기에 들어 미술관에 편입되었다. 1층에는 프랑스 조각과 유물, 2층에는 나폴레옹 3세의 아파트와 공예품들이 주를 이루고 3층에는 북유럽 회화와 프랑스 회화가 있다. '리슐리외'는 루이 13세 때의 재상 '아르망 리슐리외Armand Richelieu, 1585-1642'를 말한다. 그는 알렉상드르 뒤마의 소설 『삼총사』를 각색한 만화영화 〈달타냥의 모험〉에 악역으로 등장한 인물로 실제로는 루이 13세 때 절대왕정을 확립하고 프랑스가 근대국가로 가는 데 초석을 다졌다.

표지판이 있지만 각 전시실이 미로처럼 연결되어 있다. 길을 잃지 않으려면 안내 지도로 내가 어디쯤 있는지 살피며 다녀야 한다. 아래층부터 위층으로 올라가면 시대별로 미술사 흐름을 파악하는 데 도움이 된다. 그러나 어느 동선을 선택하든 짧은 시간 안

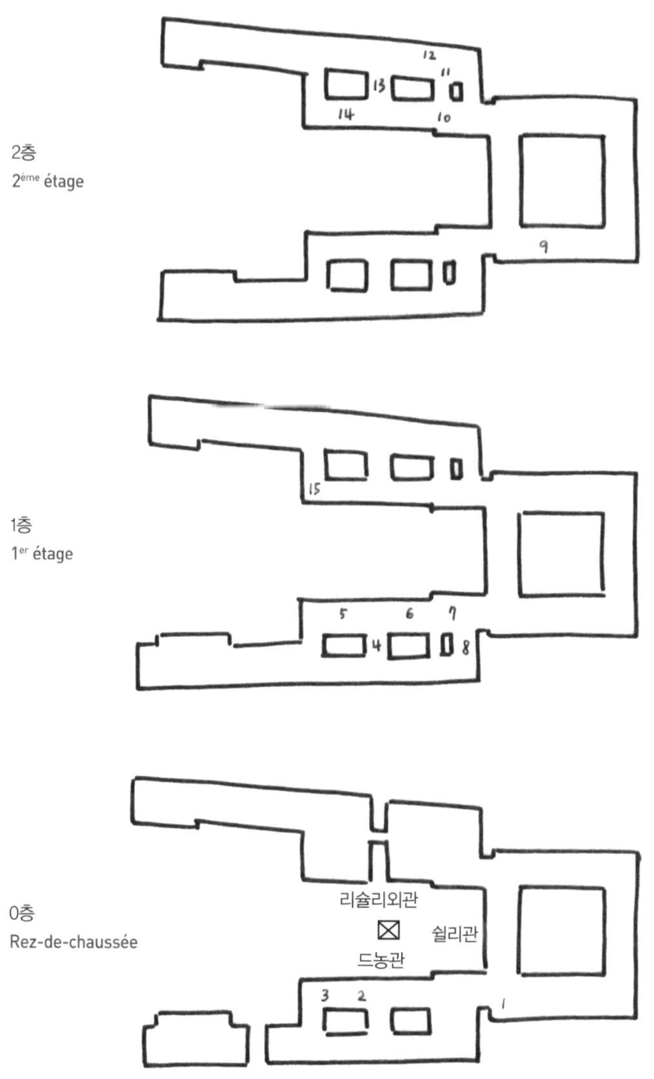

1 밀로의 비너스 2 큐피드의 키스로 환생한 프시케 3 죽어가는 노예, 반항하는 노예 4 모나리자
5 민중을 이끄는 자유의 여신 6 나폴레옹 1세의 대관식 7 사모트라케의 니케 8 아폴론 갤러리
9 발팽송의 목욕하는 여인 10 롤랭 대주교와 성모 11 가브리엘 데스트레 자매의 초상
12 엉겅퀴를 들고 있는 자화상 13 메디치 갤러리 14 레이스를 뜨는 여인 15 나폴레옹 3세 아파트

에 모든 작품을 보기는 어렵다. 같은 시대라도 조각, 회화, 공예가 따로 있고 지역별로도 구분되어 있으니 평소 관심 있던 작품을 중심으로 동선을 짜는 편이 효율적이다. 특별히 관심 있는 작품이 없다면 안내 지도에 표시된 루브르의 대표 작품 위주로 보기를 추천한다. 전문가들이 선별한 작품이니 그것만 제대로 보아도 알찬 관람이 될 것이다.

나는 오늘 쉴리관 0층 입구로 입장하여 드농관 0층과 1층을 거쳐 쉴리관 2층으로 올라간 뒤 리슐리외관 2층과 1층을 둘러보고 퇴장할 것이다. 루브르에서 가장 인기가 많은 조각 세 점(〈밀로의 비너스〉, 〈큐피드의 키스로 환생한 프시케〉, 〈사모트라케의 니케〉)과 뛰어난 기법과 은유로 작가의 천재성이 돋보이는 회화 네 점(〈모나리자〉, 〈민중을 이끄는 자유의 여신〉, 〈나폴레옹 1세의 대관식〉, 〈가브리엘 데스트레 자매의 초상〉)을 보고, 프랑스 역사의 주인공이 한 자리에 모인 세 개의 공간(〈아폴론 갤러리〉, 〈메디치 갤러리〉, 〈나폴레옹 3세의 아파트〉)을 거쳐갈 수 있어서, 여행자들에게 적극 추천하는 동선이다.

피라미드 입구로 들어가 소지품 검사대를 지나 지하층으로 내려가면 나폴레옹 홀이 나온다. 이곳에 매표소를 비롯하여 오디오 가이드 대여소, 물품보관소, 안내데스크 등 모든 편의시설이 모여 있다.

안내데스크에는 무료로 제공하는 한국어판 안내 지도가 있다. 유료 오디오 가이드가 부담된다면 이것만은 꼭 손에 쥐도록 하자. 참! 생각보다 많이 걷게 되니 꼭 편한 신발을 준비하자. 혹시 가방이나 외투가 무겁다면 물품보관소에 맡기고 메모지와 펜, 카메라만 챙겨서 가볍게 움직이는 편이 좋겠다. 그럼 이제 보물을 찾아 출발해보자. 지상 최고의 미술관, 루브르에서!

미의 여신 〈밀로의 비너스〉

나폴레옹 홀에서 동쪽 쉴리관 0층으로 향한다. 들어서자마자 오른쪽으로 돌면 고대 그리스 조각관이 보인다. 그리스 미술 작품은 대부분 인간의 형상을 띈 신을 다루고 있다. 그리스신화 속 주인공이 작품에 등장해서 인간과 마찬가지로 분노하고 사랑하며 질투한다.

전시실에 들어서니 아름다운 꽃에 벌과 나비가 몰리듯, 미의 여신 〈밀로의 비너스〉 앞에 많은 사람이 멈춰 서 있다. 갸름한 얼굴, 기다란 목선, 봉긋한 가슴, 살짝 드러나는 복근, 그리고 아슬하게 옷가지를 두른 관능적인 하반신이 눈에 들어온다. 나도 잠시 그 틈에 끼여 그녀와 교감한다.

불현듯 저 우아하게 말아 올린 머리를 효과적으로 묘사하기 위해 수없이 연필 선을 그어대던 시절이 떠오른다. 한국과 마찬가지로 프랑스의 미술학교인 에꼴 데 보자르École des Beaux-Arts 입시에도 데생 실기 시험이 있다. 한국이든 프랑스든 미술가가 되기 위해서는 일단 '그릴 줄' 알아야 한다는 뜻이 아닐까.

이 여신상의 주인공은 그리스신화에 나오는 사랑과 미의 여신 아프로디테, 로마신화에서는 비너스라 부른다. 1820년 그리스 에게해의 밀로 섬 아프로디테 신전 근처에서 밭을 갈던 한 농부가 발견했다. 당시 그리스에 정박 중이던 프랑스 해군 장교에게 넘겨졌다가 프랑스 대사가 입수하였고, 그가 다시 루이 18세에게 헌납하면서 루브르 미술관에 오게 되었다.

발견 당시 상반신과 하반신이 분리되어 있었다고 한다. 그리스

시대에는 상반신과 하반신을 따로 조각한 뒤 붙이는 경우가 많았다. 두 팔은 결국 찾지 못했는데, 기울어진 오른쪽 어깨의 팔 일부를 보면 오른팔이 배 앞부분을 지나 왼쪽 다리로 향했음을 짐작할 수 있다. 가만히 보고 있자니 짝다리 포즈가 아닌가. 패션모델들이 화보를 찍을 때 짝다리를 하고 서서 골반과 어깨가 대칭되는 자세를 취하며 전체적인 바디라인을 S자 또는 X자로 만드는 것과 크게 다르지 않다. 바로 인체를 가장 자연스럽고 아름답게 표현할 수 있다는 '콘트라포스토' 자세다.[1] 비너스의 아름다움에 이 자세가 큰 기여를 하고 있다.

멀리 떨어져서 보니 여자라고 하기엔 비교적 몸집이 좋다. 머리에 비해 몸이 상당히 크다. 달리 말하면 몸에 비해 머리가 훨씬 작다는 의미다. 그리스 시대에도 8등신을 선호했던 것일까? 이미 오래 전부터 8등신을 미의 표준으로 본 것이다.

8등신의 황금비율을 찾아낸 이는 기원전 4세기 조각가 리시포스다. 〈밀로의 비너스〉는 이 황금비율에 딱 들어맞는 조각상이다. 황금비율은 1대 1.618이므로 쉽게 5대 8로 생각할 수 있는데 그리스인들은 이 비율을 조각은 물론 생활용품과 건축 등 모든 영역에 적용했다. 나도 그림을 그리다 보면 어느새 5대 8 비율이 될 때가 많았다. 경험으로든, 직감으로든 자연스럽게 가장 아름답게 표현될 방향을 찾아간 셈이다.

다시 조각상으로 돌아가자. 〈밀로의 비너스〉가 미의 전형이 된 것은 단순히 외적 조건 때문은 아니다. 그리스인은 아름다운 육체에 아름다운 정신이 깃든다고 생각했다. 〈밀로의 비너스〉 역시 내적 아름다움을 갖추고 있다. 커다란 눈망울은 맑고 순수함을, 오

밀로의 비너스 | BC 130-100년경 | 대리석 | 높이 204cm

좌_ **아레스 보르게스** | 기원전 480–323년경 | 대리석 | 높이 211cm
우_ **아를르의 비너스** | 기원전 360년경 | 대리석 | 높이 194cm

똑한 콧날은 자신에 대한 확신을, 굳게 다문 입술은 단호함을, 그리고 풍만한 하반신은 생명 잉태와 생산이라는 다소 이상적이면서도 현실적인 미를 담고 있다. 그리스인에게 최고의 아름다움은 이상적인 현실성, 현실적인 이상이 조화를 이룰 때 실현되는 것이 아니었을까.

그런데 하반신을 천으로 가린 이유는 무엇일까? 그리스 시대 미의 근원은 남성이었다. 남성의 신체를 누드로 표현하는 일은 많았지만, 여체를 그대로 드러내는 것은 허용되지 않았다는 말이다.

남자와 여자는 조각상에서조차 평등하지 않았다. 대부분의 그리스 여신 조각상이 옷을 걸치고 있는 이유다. 조각상의 수려한 몸매와 섬세한 표현에 감탄하며 남쪽 드농관으로 향한다.

신화적 사랑의 표현 〈큐피드의 키스로 환생한 프시케〉

드농관 0층 전시실에 들어선다. 이탈리아 조각관이다. 더 이상 무슨 말이 필요할까. 돌덩어리를 깍아놓았다고 보기 어려울 정도로 정교한 조각들을 만날 수 있다.

입구에 들어서니 남녀 한 쌍이 조각상을 바라보며 담소를 나누고 있다. 안토니오 카노바의 〈큐피드의 키스로 환생한 프시케〉로, 루브르의 인기 작품 중 하나다. 그리스신화에 등장하는 사랑의 신 큐피드와 프시케가 주인공이다. 둘의 이야기를 해볼까.

어느 날 큐피드의 말을 어겨 쫓겨난 프시케는 이별의 슬픔을 견디지 못하고 큐피드의 어머니이자 사랑과 미의 여신인 비너스를 찾아간다. 비너스는 페르세포네에게 병 하나를 가져오게 한 뒤 프시케에게 그 병을 건네며 절대 열지 말라고 당부한다. 하지만 프시케가 호기심을 참지 못하고 뚜껑을 열자 병 안에 있던 미의 액체가 흘러나와 프시케가 죽는다. 이때 큐피드가 프시케에게 화살을 쏘고 입을 맞추어 프시케를 살린다는 이야기다. 그들의 뒤쪽에 화살과 화살 통, 작은 병이 놓여 있다. 로맨틱한 이야기를 알고 나니 유난히 더 사랑스럽다.

날개 달린 큐피드는 공중에 살짝 떠 있고, 그 아래에 반쯤 누워

안토니오 카노바 | **큐피드의 키스로 환생한 프시케** | 1793년 | 대리석 | 168x155cm

서 가까스로 몸을 지탱하는 프시케가 보인다. 프시케를 잡고 다소 힘들어하는 큐피드의 모습에서 사랑하는 이를 구하려는 애달픈 마음이 읽힌다.

불안정한 듯 보이지만, 전체적인 삼각구도는 상당히 안정되어 있다. 이보다 더 안정된 구도는 없지 않을까 생각될 정도다. 작품이 지닌 사랑 이야기 때문인지 그 앞에 멈춰 선 연인들의 발길이

좌_ **미켈란젤로** | **죽어가는 노예** | 1513-1515년경 | 대리석 | 높이 228cm
우_ **미켈란젤로** | **반항하는 노예** | 1513-1515년경 | 대리석 | 높이 209cm

쉽게 떨어지지 않는다.

이 전시관에는 눈여겨봐야 할 작품이 더 있다. 〈죽어가는 노예〉와 〈반항하는 노예〉다. 이탈리아 르네상스 3대 거장 중 한 명인 미켈란젤로의 작품으로, 그냥 지나치면 후회할지 모르니 꼭 감상한 후 발길을 옮기자.

루브르의 존재 이유 〈모나리자〉

루브르의 심장부, 드농관 1층에 올라왔다. 심장부라는 표현에 걸맞게 루브르에 생기를 더하는 인기 작품이 많은 곳이다. 남쪽에는 이탈리아 회화를 전시하는 그랑 갤러리가 있고 북쪽에는 19세기 프랑스 회화 대작들이 모여 있다. 총길이 400미터가 넘는 그랑 갤러리는 루브르 대확장 공사 때 루브르 궁과 튈르리 궁을 연결하기 위해 지어졌다. 한때 프랑스의 국립 미술 전람회라 할 수 있는 살롱이 열린 곳이기도 하다.

"당신은 왜 루브르에 가나요?"라는 질문에 아마 많은 사람이 〈모나리자〉를 떠올릴지도 모르겠다. 명화집이나 광고, 인사동 거리의 미술 상가에서도 흔히 볼 수 있는 한 여인의 초상화. 사람들에게 너무나 익숙한 이 여인이 이토록 세계인의 관심을 받는 이유는 무엇일까. 방탄유리 속에 안전하게 몸을 놓인 자그마한 그녀를 향해 쉴 새 없이 셔터 세례가 이어진다.

〈모나리자〉를 언급한 미술 서적이나 백과사전에는 〈모나리자〉에 대해 서로 다르게 이야기하는 경우가 꽤 많다. 나 또한 내가 알고 있는 것이 정확한 사실이라고 확언할 수는 없다. 구체적인 근거가 제시되어 신빙성이 꽤 높다고 생각되는 이야기들을 다루려고 한다. 앞으로 〈모나리자〉에 관한 그 어떤 글을 읽더라도 맹목적으로 받아들이지는 않길 바란다. 어느 미술학자 또는 고고학자에 의해 새로운 사실이 밝혀지면 지금의 상식이 잘못된 정보가 될지도 모를 일이니까.

우선 〈모나리자〉는 왜 이탈리아가 아닌 프랑스 파리 루브르에

관람객들이 방탄 유리 안 모나리자를 촬영하고 있다.

와 있는 것일까? 미술사적 가치는 차치하더라도 〈모나리자〉로 인해 발생하는 관광 수입을 생각한다면 이탈리아로서는 정말 안타까운 일이 아닐 수 없다. 그 이유는 이렇다. 말년을 프랑스에서 보낸 레오나르도 다 빈치Leonardo Da Vinci, 1452-1519는 죽기 전, 프랑스에 함께 머물며 끝까지 자신을 지킨 제자, 멜치에게 〈모나리자〉를 포함한 자신의 모든 작품과 화구를 넘긴다. 그가 죽은 지 몇년 후 멜치는 〈모나리자〉, 〈성 안나와 성 모자〉, 〈세례자 요한〉을 프랑수와 1세에게 건네고 이탈리아로 떠난다. 이렇게 〈모나리자〉는 프랑스 소

레오나르도 다 빈치 | 모나리자 | 1503-1506년 | 패널에 유채 | 77x55cm

유가 되었다.

한편 레오나르도 다 빈치가 〈모나리자〉를 프랑수와 1세에게 선물했다는 주장도 있고, 팔았다는 의견도 있지만 중요한 건 〈모나리자〉가 이탈리아와는 달리 노년의 레오나르도를 끝까지 후원했던 프랑스 왕가 소유가 되었다는 사실이다.

명실공히 루브르를 세계적인 미술관으로 만든 건 〈모나리자〉요, 〈모나리자〉를 프랑스 소유로 만든 건 프랑수와 1세다.

앞서 말했듯 문화예술을 사랑했던 프랑수아 1세의 노력으로 프랑스는 문화적으로 진보하고 부흥하는 계기를 맞았다. 가장 두드러지는 변화는 프랑스어를 대중적으로 사용하게 한 일이다. 기원전 52년 프랑스는 로마군에 점령당했는데, 이때부터 라틴문화가 보급되었고, 학문과 성서에도 라틴어를 사용했다. 이후 1539년 프랑수아 1세가 '빌레르 코트레 칙령'을 발표하면서 행정 언어를 라틴어에서 프랑스어로 바꾼다. 프랑스어가 왕실과 법정, 교회 등의 공식어로 지정된 것이다. 이 시기부터 프랑스어로 된 책이 간행되는 등 문법 연구가 시작되었다.

1994년 프랑스 의회는 '투봉(법안을 주도한 문화부 장관의 이름) 법안'까지 발표하면서 자국어 보호에 박차를 가한다.이는 영어 같은 외래어의 침투를 막고자 관공서, 학교, 회사는 물론 수입 통관서류까지 모두 프랑스어 사용을 의무화하고 이를 어길 시 처벌 받도록 법으로 규정한 것이다.

이후 프랑스인들은 자국어에 대한 자부심을 바탕으로 프랑스어로 된 사상과 문학을 발전시켰다. 이러한 프랑스인들의 자국어 사랑이 프랑스가 역사상 가장 많은 노벨 문학상 수상자를 배출하는

데 기여했다고 해도 과언이 아닐 것이다. 프랑수아 1세는 자국 언어에 대한 자부심을 높이는 데 초석을 마련한 것이다.

이제 작품 속으로 들어가보자. 이 여인은 대체 누구일까? 레오나르도의 어머니, 레오나르도의 자화상, 어느 귀족 부인이라는 등 다양한 설이 있지만, 현재로서는 피렌체의 실크 상인 프란체스코의 아내로 보는 경우가 많다.

초상화는 주로 교황이나 귀족, 권력자들이 종교적, 정치적 목적으로 화가에게 의뢰해 왔다. 그런데 레오나르도 다 빈치는 왜 일반인의 초상화를 그리게 되었을까? 더욱이 그는 당시 매우 촉망받던 예술가가 아닌가.

〈모나리자〉가 제작될 당시 피렌체는 직물 산업과 금융업을 주축으로 활발한 경제성장을 이루고 있었다. 피렌체에서 실크 상인으로 꽤 성공한 프란체스코는 부를 손에 쥐었고, 신분 상승을 위해 몰락한 귀족 가문의 딸 리자 게라르디니와 결혼한다. 리자 부인은 비록 상인의 아내였지만 귀족 출신으로서 남편의 경제적 부를 누리고 있었으므로 초상화 제작이 가능했을 것이다.[2]

2005년 프랑스 국립미술복원연구소에서 〈모나리자〉에 X레이를 투시하여 물감 층을 분석한 결과 〈모나리자〉의 옷 밑에 구아넬로guarnello라는, 출산 전후에 입는 망사 속옷이 그려진 것을 발견했다고 한다. 이를 근거로 이 초상화는 부인의 출산을 기념하여 프란체스코가 주문했으리라 추정된다.[3]

그렇다면 웃는 듯 웃지 않는 묘한 분위기로 많은 이들을 매료시키는 〈모나리자〉의 미소는 어떻게 나왔을까? 역대 프랑스왕들이 〈모나리자〉를 그토록 곁에 두고 싶어 했던 이유는 이 신비한 미소 때문이 아니었을까. 레오나르도는 그림을 그릴 때 생동감 있는 표정 연출을 위해 악사로 하여금 즐거운 분위기를 만들게 했다. 또 해부학에 대한 열의가 넘쳐 사람과 동물의 시체를 스케치하면서 근육과 뼈를 연구했다.

사실 골격과 근육을 제대로 알지 못하면 겉으로 드러나는 형태를 정확히 표현하기 어렵다. 그 누구도 흉내 낼 수 없는 〈모나리자〉의 미소는 레오나르도만의 해부학적 지식과 그림에 대한 열정이 더해진 결과가 아닐까.

표현 기법 역시 남다르다. 레오나드로는 형태를 구분 짓는 경계란 존재하지 않는다고 생각했다. 사실 일리 있는 말이다. 동그란 얼굴에 빛을 비추는 장면을 떠올려보자. 빛에 의해 얼굴에 명암이 생기고 색에 미묘한 변화로 형태가 드러나는 것이지 동그란 형태가 명확한 선으로 존재하는 것은 아니다. 때문에 윤곽선을 직접 그리지 않고 색을 매우 미묘하게 변화시켜 여러 번 겹쳐 칠함으로써, 형태의 윤곽을 엷은 안개에 싸인 것처럼 표현하는 명암법을 사용했다. 이것을 일명 스푸마토Sfumato기법이라고 한다. 스푸마토는 이탈리아어로 '연기 같은'이라는 뜻이다. 얼마나 수없이 칠했는지 붓자국이 보이지 않을 정도다.

〈모나리자〉는 크기도 작거니와 수많은 사람이 둘러싸고 있어 가까이서 관찰하기가 쉽지 않다. 레오르나르도의 다른 작품 중 〈성 안나와 성 모자〉에서 그의 스푸마토 기법을 자세히 살펴볼 수 있다. 크기도 크고 〈모나리자〉 앞보다 관람객이 적어 관찰하기 좋다.

이처럼 〈모나리자〉는 그림의 실제 모델부터 화가의 기법, 루브

좌_ **레오나르도 다 빈치** | **성 안나와 성 모자** | 1502-1516년 | 패널에 유채 | 168x130cm
우_ **레오나르도 다 빈치** | **세례자 요한** | 1514년경 | 패널에 유채 | 69x57cm

르가 소유하게 된 배경까지, 그 신비한 미소만큼이나 수많은 비밀을 품고 있다. 이런 보이지 않는 매력 때문인지 〈모나리자〉의 인기는 식을 줄 모른다.

한때 도난 사건이 이슈가 되어 대중의 큰 관심을 받게 되었다는 주장도 있다. 하지만 이런 이슈가 없었더라도 그 예술적 가치만큼은 〈모나리자〉가 루브르의 심장으로 불리는 데 전혀 부족함이 없다.

삼색기를 든 마리안느 〈민중을 이끄는 자유의 여신〉

〈모나리자〉를 감상한 후 프랑스 회화 대작 전시관으로 이동하니 전시실이 왼쪽과 오른쪽으로 나뉜다. 왼쪽 77 전시실에 〈사르다나팔로스의 죽음〉을 비롯하여 낭만주의를 대표하는 작품들이 있다. 이름에서 풍기는 분위기와 달리 낭만주의 작품 자체는 결코 낭만적으로는 보이지 않는다.

낭만주의는 이성을 중시한 계몽주의와 형태를 중시한 신고전주의에 대한 반작용으로 나타났다. 즉 이성보다는 감성과 상상력을, 형태보다는 색을 중시했다. 마치 영화의 클라이맥스를 보는 듯 격렬하고 극적인 장면을 다룬 그림이 많다. 낭만주의 화가들은 장면을 더 효과적으로 묘사하기 위해 색을 대담하게 쓰고, 강렬한 붓터치를 드러내기도 했는데, 낭만주의 작품에서는 이런 면을 눈여겨볼 법하다.

전시실에 들어서서 삼색기를 든 여인 앞에 발길을 멈춘다. 들라크루아의 〈민중을 이끄는 자유의 여신〉이다. 어두운 배경에 삼색기의 색이 유난히 도드라지게 표현되었다. 그 세 가지 색깔이 전경의 인물들에게 다시 나타난다.

그림을 보고 있노라니 문득 어려서 고무줄놀이를 할 때 부르던 '전우의 시체를 넘고 넘어 앞으로 앞으로…'라는 노랫말이 떠오른다. 무슨 일이 있던 걸까. 프랑스 사람 셋이 모이면 혁명을 일으킨다는 말이 있을 정도로 프랑스에서는 시민혁명이 여러 차례 일어났다. 이 작품은 프랑스의 두 번째 시민혁명인 7월혁명의 두 번째 날을 그린 것이다.

작품의 배경을 살펴보자. 시민들은 프랑스혁명을 통해 자유와 평등의 권리를 획득했다고 생각했다. 하지만 불안한 정세는 계속되었고 급기야 샤를 10세가 절대 왕정을 수립하기 위해 1830년 7월 칙령을 선포하자 이에 다시 분노하여 3일에 걸쳐 정부군에 맞서 싸운다. 이것이 작품의 배경이 되는 7월혁명이다. 역사의 순간, 용사가 칼을 들고 전장에 나가듯 화가는 붓을 들고 캔버스에 애국심을 담는다. 공교롭게도 왼편에 장총을 들고 서 있는 신사의 얼굴이 작가와 닮았다. 자신도 그 시간을 함께했음을 드러내고 싶었던 것일까.

들라크루아Eugène Delacroix, 1798-1863는 혁명 직후 단 3개월 만에 그림을 완성하여 이듬해 살롱전에 출품한다. 기존 그림들과는 확연히 달랐던 이 작품은 큰 반향을 일으켰고 그의 이름을 널리 알리는 계기가 된다. 7월혁명으로 왕위에 오른 루이 필립이 그림을 3,000프랑에 매입하지만 혁명을 주제로 한 작품이라는 부담감 때문에 결국 화가에게 되돌려 보낸다. 화가가 사망한 지 10여 년이 지난 1874년, 혁명의 결실로 시민들에게 개방된 루브르에 안착하여 시민의 자유를 상징하는 대표작으로 자리 잡게 되었다.

바리케이드를 뚫고 총 든 용사들을 이끌고 있는 여전사의 모습을 살펴보자. 얼핏 미국의 〈자유의 여신상〉을 연상시키는 이 여인은 왜 옷을 반쯤 걸치고 있을까. 여전사는 혁명에 가담한 실제 인물, 즉 시민이 아닌 여신이기 때문이다. 앞에서 보았듯 그리스 시대 여신 조각상도 옷을 반쯤 걸치고 있었다. 화가는 실제 사건과 이전의 전통적인 은유를 적절히 섞어 표현한 것이다.

이 여신은 프랑스 공화국을 의미하며, 자유를 상징하는 인물(캐

외젠 들라크루아 | 민중을 이끄는 자유의 여신 | 1830년 | 캔버스에 유채 | 260x325cm

릭터)이기도 하다. 프랑스인들은 이 캐릭터를 프랑스에서 매우 흔한 여자 이름인 '마리안느Marianne'라고 부른다. 마리안느의 옆모습은 우표와 동전뿐 아니라 공공기관의 로고에도 자주 사용되고, 흉상은 시청이나 법원 같은 공공기관에서도 볼 수 있다. 마리안느는 당대 유명 배우나 가수를 모델로 하기도 한다. 한때 소피 마르소와 카트린느 드뇌브도 마리안느였다.

마리안느는 스머프 모자처럼 생긴 고깔모자를 썼다. 프리지아라고 불리는 이 모자는 고대 로마 시대에 해방된 노예들이 자유의 상징으로 썼다고 한다. 당시 이 모자의 착용 유무로 혁명군인지 아닌지를 구분하기도 했다.

자유의 여신이 손에 들고 있는 혁명군 깃발을 보자. 원래 파리시 깃발은 파랑과 빨강의 조합이었다. 여기에 프랑스혁명을 계기로 당시 국왕의 깃발 색깔이자 화합의 의미가 담긴 흰색이 추가된 것이다. 이 삼색기는 이후 헌법에 의해 프랑스 공화국의 공식적인 상징이 되었다. 파란색, 흰색, 빨간색은 각각 자유·평등·박애라는 프랑스의 국가 이념을 상징한다. 프랑스 주변 국가들의 국기 역시 무늬의 색과 방향만 다를 뿐 구별하기 어려울 정도로 유사한 모양을 하고 있는데 이는 프랑스혁명이 그들에게 시사하는 바가 컸기 때문이라고 한다.

위풍과 개성의 공존 〈나폴레옹 1세의 대관식〉

이제 오른편 75 전시실로 이동하여 신고전주의 작품을 만난다.

먼저 이 작품을 이해하려면 신고전주의가 무엇인지 알아야겠다. 1748년, 고대 로마의 도시였던 폼페이 유적이 발굴되면서 고대 그리스·로마 문화에 다시 관심이 쏠리기 시작했고, 특히 영국을 중심으로 고대 고전주의 시대를 지표 삼아 미술을 다시 올바르게 세우고자 하는 신고전주의가 나타났다. 이 당시 영국에서는 그랜드 투어(귀족 자녀들이 교육 과정을 마무리하는 단계로 가정교사와 하인을 데리고 수개월 또는 수년간 유럽, 특히 파리를 거쳐 로마를 돌아보며 문화를 체험하는 여행)가 유행했는데 이는 신고전주의 사고가 널리 퍼지는 계기가 되었다. 마침 프랑스는 귀족문화의 화려함이 정점에 도달하면서 이에 식상함을 느끼던 차였다. 로코코풍을 퇴폐문화라고 폄하하는 분위기와 맞물려 새로운 문화기조에 대한 갈증도 커졌다. 신고전주의 미술은 주제가 엄숙하고 표현이 명확했으며 엄격한 형식미를 추구했다. 낭만주의를 반항아에 비유한다면 신고전주의는 모범생에 가까웠다.

이곳의 대표적인 작품 〈나폴레옹 1세의 대관식〉은 1804년 12월 2일 파리의 노트르담 대성당에서 나폴레옹이 스스로 왕관을 쓴 후 황후 조세핀에게 왕관을 씌워주는 장면이다. 〈모나리자〉는 생각보다 작아서 의외였는데, 이 작품은 경이로울 정도로 크다. 길이가 무려 10미터에 가깝고 높이는 6미터를 넘는다. 루브르에서 가장 큰 그림은 베로네세의 〈가나의 혼인잔치〉이지만, 이상하게도 사람을 압도하는 쪽은 이 작품이다. 유럽을 제패했던 나폴레옹 황제의 아우라 때문일까.

무엇보다 작품이 주는 공간감을 무시할 수 없겠다. 다비드는 노트르담 성당을 실제보다 작게 배치해서 등장인물을 부각시키고

자크 루이 다비드 | 나폴레옹 1세의 대관식 | 1806–1808년 | 캔버스에 유채 | 621x979cm

나폴레옹을 중심으로 주요 인물에 빛을 투과하여 시선을 유도했다. 물론 그중 제일 빛나는 곳은 황제의 얼굴이다.

하지만 온전히 사실에 입각한 그림이 아니다. 당시 대관식에 참석하지 않은 가족은 나폴레옹의 요청에 따라 배치되었다고 한다.

화가 다비드는 정치 혁명군에 가담한 적이 있으나 결국 황제의 전속 화가가 되면서 정치 화가답게 황제를 완벽히 찬미하고 있다. 하긴 최고 권력자의 주문을 어찌 쉽게 피할 수 있었겠는가.

대관식에는 200여 명이 참석했는데 다비드는 이를 위해 주요 인물을 따로 스케치해가면서 인물 각각의 성격과 내면까지 표현하려고 했다. 의상과 장신구를 세심하게 연구하고 배경이 되는 대성당의 모형까지 만들어 채광과 명암을 철저히 분석했다고 한다. 이 많은 인물의 개성과 심리가 섬세하게 표현된 걸 직접 눈으로 확인하니 화가의 3년 노고를 쉽게 짐작할 수 있다.

나폴레옹이 누구인가. 이집트와 이탈리아 원정에서 승리한 후 획득한 전리품들을 전시하기 위해 루브르를 확장하고 이를 '나폴레옹 박물관'으로 개명까지 한 인물 아닌가. 그가 루브르에 세운 공을 부정하는 이는 없다. 그런 나폴레옹이 죽어서도 루브르의 가장 넓은 공간에 황제로 당당히 서 있다. "내 사전엔 불가능이란 없다."라는 그의 말은 전 세계인이 찾는 루브르에서 시대를 초월해 제대로 실현된 듯 보인다.

승리의 여신 〈사모트라케의 니케〉

쉴리관에서 드농관으로 연결되는 계단에 사람들이 구름처럼 모여 있다. 그 뒤로 위엄 있는 날개로 시선을 압도하는 조각상 하나가 보인다. 영화 〈타이타닉〉의 주인공처럼 선상에서 두 팔 벌려 바람을 맞고 있는 자세다. 루브르를 대표하는 걸작 〈사모트라케의 니케〉다. 니케Nike(영어식으로는 나이키)라고 불리는 이 여신은 그리스 신화 속 인물로 승리의 여신이다. 스포츠 업체의 브랜드명으로는 최고임에 틀림없다.

이 승리의 여신은 에게해의 사모트라케 섬에서 발견되어 〈사모트라케의 니케〉라고 불린다. 1860년대 발견 당시 100여 점이 넘는 파편 조각에 불과했으나 프랑스에 가져와 짜 맞추어 지금의 형태가 되었다. 머리와 팔은 끝내 찾지 못했고, 1950년경 한쪽 손이 발견되었지만 논의 끝에 결국 붙이지 않았다고 한다. 불현듯 '과유불급'이라는 단어가 떠오른다. 루브르로 옮겨온 후 시간이 지나면서 대리석 고유의 색이 변하기 시작해 1년여 간의 복원 작업을 거친 후에 지금의 매끈한 모습으로 재탄생했다.

니케는 그저 아름답다. 바람을 맞아 몸의 굴곡을 여실히 드러내는 얇은 옷자락 주름이 정교하고 자연스럽다. 혹시 미술관 어디선가 진짜 바람이 불어오고 있는 것은 아닐까 착각을 일으킬 정도다. 무게를 지탱하는 오른발과 뒤로 뻗은 왼발이 거의 일자에 가까움에도 균형을 잘 잡고 서 있다. 균형을 중시했던 그리스인의 정신이 엿보이는 부분이다. 가장 눈에 띄는 것은 활짝 편 날개로, 잘린 팔을 대신하듯 엄청난 위용을 자랑한다.

사모트라케의 니케 | 기원전 190년경 | 대리석 | 높이 328cm

얼굴이 없어 아쉬워하는 사람도 많지만 미지의 얼굴을 마음대로 상상할 수 있어 더 흥미롭다. 얼굴이 구체적으로 조각되어 있었다면 감동이 덜했을지도 모르겠다.

미술품은 설치 장소가 매우 중요한데 〈사모트라케의 니케〉는 넓고 높다란 계단 끝에 서 있다. 파도치는 바다를 마주 보고 뱃머리에 서 있는 승리의 여신을 의도한 듯하다. 조각상의 위치를 두고 고민 끝에 결정을 내렸을 미술관 학예사들의 안목이 탁월하다. 전체 모습을 보려면 계단 너머 멀리 떨어져 보는 것이 좋다. 작품의 완성은 전시 공간에 설치되는 순간이라는 말이 새삼 실감난다.

건너편 계단에서 바라본
〈사모트라케의 니케〉 조각상.

드농관에서 동쪽 쉴리관으로 가는 길에 태양왕 루이 14세Louis XIV, 1638-1715를 찬양하고자 태양의 신 아폴론의 이름을 붙인 〈아폴론 갤러리〉가 있다. 벽 정면에 루이 14세 초상이 떡 하니 버티고 있다. 태양을 테마로 만든 공간답게 천장이 황금빛으로 장식되어 있어 눈을 감아도 느껴질 만큼 번쩍번쩍 빛난다.

아폴론 갤러리는 루이 14세가 베르사유 성으로 이주하기 전 건축가 르 보가 설계하고 왕정 수석화가였던 샤를 르 브룅이 장식과 조각을 맡았다. 루브르가 처음 전시 공간으로 사용했던 곳인데, 지금은 루이 15세 왕관에 쓰인 140캐럿짜리 다이아몬드와 왕가의 보석들을 장식장에 진열해 놓았다. 무엇보다 사방에 그려진 벽화와 장식에 눈이 간다.

루이 14세는 국고를 탕진할 정도로 사치스러운 생활을 즐긴 나머지 민중의 적이 되었지만, 미술 분야에서는 기록에 남을 만한 문화예술 장려정책을 펼쳤다. 재능 있는 예술가에게 지급하는 후원금을 확대하고, 훌륭한 예술 작품들을 사들여 몇백 점이던 왕실 소장품을 3,000점 이상으로 늘렸다. 또한 왕립 회화조각 아카데미Académie royale de peinture et de sculpture를 설립하고, 로마에 '로마 아카데미 드 프랑스Acadéie de France à Rome'를 설립하여 해마다 두 번씩 열리는 '파리 살롱'에서 1등상(그랑프리Grand Prix)을 받은 이에게 로마로 국비 유학을 보내주는 '로마 대상 Grand prix de Rome' 제도도 만들었다.

루이 14세가 영향을 미친 영역은 예술뿐만이 아니다. 사실 프랑스 요리가 세계 최고로 대접받는 것은 "짐이 곧 국가다."라고 말

아폴론 갤러리 천장과 벽에 그려진 루이 14세 초상화.

루이 15세의 왕관을 바라보며.

할 정도로 왕권을 강화한 루이 14세와 무관하지 않다. 프랑스는 유럽 제1농업국가로서 농산물이 풍부할 뿐 아니라 대서양, 지중해, 북해와 인접해 있어 지리적 특성상 해산물 재료 또한 풍부하다. 게다가 다양한 민족이 살고 있어 요리법도 발달했다. 화려하고 사치스러운 생활에 파티와 음식이 빠질 수 없으니 이를 바탕으로 루이 14세의 왕권만큼이나 프랑스 요리가 고급화된 것은 어찌 보면 당연한 일이다.

이후 프랑스혁명으로 왕정이 붕괴되자 일자리를 잃은 왕과 귀족의 요리사들이 사회로 나와 레스토랑을 차리고 서민들에게 고급 요리를 보급한다. 프랑스 요리와 식사 예절은 원래는 왕과 귀족의 문화였다. 결과적으로 파리가 지금처럼 세계 최대 관광도시로 발돋움하는 데 프랑스 요리와 예술을 최고의 수준으로 올려놓은 루이 14세의 공을 간과할 수 없을 것이다.

쉴리관 2층의 프랑스 회화들

쉴리관 2층으로 이동해 평생 여체의 아름다움을 탐구한 신고전주의 화가, 앵그르의 인물화를 감상한다. 마치 실물을 보는 듯 표현이 섬세하다. 피부색 표현이 카메라 못지않다. 곧 가보게 될 오르세 미술관의 인물화와는 확연한 차이가 있으므로 주의 깊게 살펴본 후 북쪽에 있는 73 전시실로 향한다.

아랫층 카페에 들러 잠시 쉬려다 길게 늘어선 줄에 놀라 바로 올라왔더니 다리도 아프고 조금 지친다. 중간 중간 비치되어 있는 벤치에 앉아 안내원 눈에 안 띄게 가방 속 미니 초콜릿을 꺼내어 먹으며 휴식을 취한다.

마침 내가 좋아하는 코로의 작품 앞이다. 코로의 작품들은 모두 비슷비슷해서 구별하기 어렵다. 코로는 일생동안 3,000여 점의 작품을 그렸는데, 미국에 6,000여 점이 존재한다는 말이 있다. 자신의 작품을 모방하고 서명까지 도용해도 별다른 이의를 제기하지 않고 자신이 그리지 않은 그림에도 사인을 해주었다고 한다. 형편이 어려운 무명작가들의 생계를 돕기 위한 선한 의도였다고는 하나, 같은 화가의 입장에선 적잖이 석연찮은 행동이다. 자신의 작품을 소장한 이들의 권리를 보호하는 것 또한 작가의 의무가 아닐까.

톤 다운된 녹색 빛의 코로 작품이 차분한 회색벽 위에서 우아함을 더한다. 갑자기 내 작업실 벽도 회색으로 바꾸고 싶은 마음

코로의 작품 전시실.

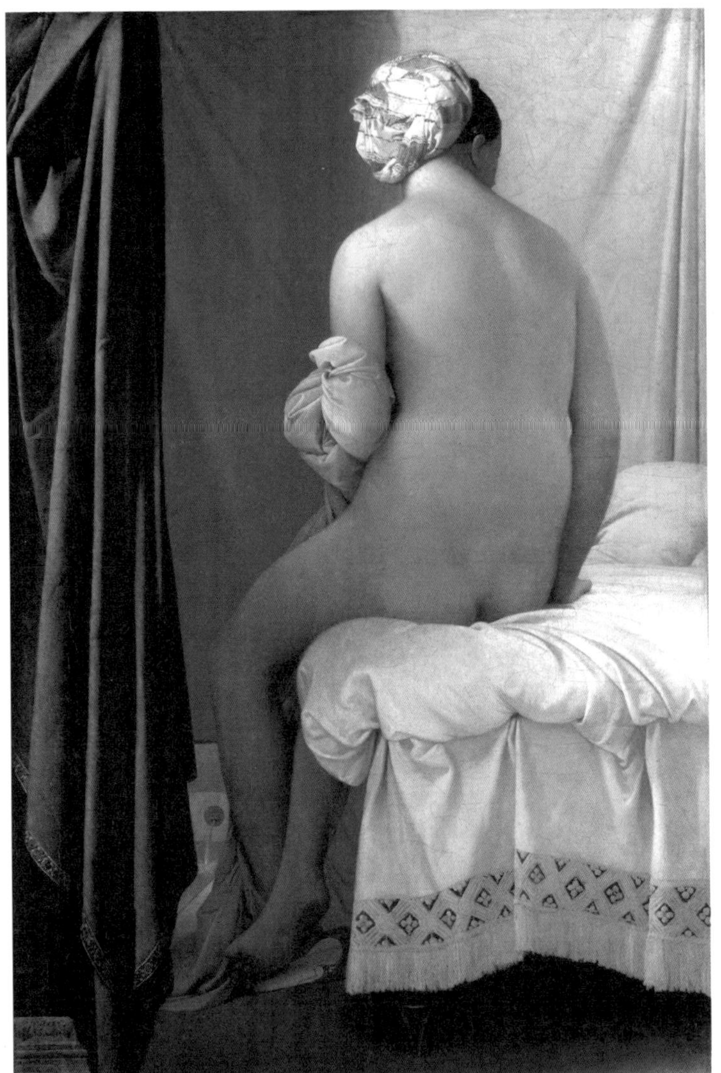

장 오귀스트 도미니크 앵그르 | 발팽송의 목욕하는 여인 1808년경 | 캔버스에 유채 | 146x97cm

이 솟구친다. 여행에서 돌아가면 동생을 졸라 페인트칠 한번 해야겠다.

은유의 향연 〈가브리엘 데스트레 자매의 초상〉

쉴리관 2층을 통과하여 리슐리외관 2층에 들어선다. 이상야릇한 그림 하나가 눈에 띈다. 두 여인이 욕조 안에 앉아 있다. 왼쪽 여인이 오른쪽 여인의 유두를 잡고 있고 오른쪽 여인의 왼손엔 반지 하나가 들려 있다. 그 사이로 바느질하는 하녀의 모습이 보이고 멀찌감치 한 남자가 있다. 여신을 그려 넣은 우아한 누드화도 아니고, 그렇다고 에로틱하지도 않은, 뭔가 이상야릇한 분위기다.

서양의 전통적 회화는 직설적이기보다 은유적 표현을 선호했다. 가볍게 지나치면 상상도 못할 깊은 의미가 숨어 있는 경우가 많다. 그녀들의 수수께끼를 풀어보자.

이 작품은 어느 퐁텐블로 화파의 화가가 그린 〈가브리엘 데스트레 자매의 초상〉이다. 오른쪽 여인은 왕의 여자, 앙리 4세가 가장 사랑한 여인 가브리엘 데스트레다. 그녀의 왼쪽에 있는 여인은 그녀의 여동생, 빌라 공작부인이다. 학자들의 해석에 따르면, 여동생이 언니의 유두를 집는 자세는 임산부의 초유[4]가 나오도록 유도하는 행위로, 언니가 임신 중이라는 사실을 알리는 것이라 한다. 그렇다면 하녀는 앞으로 태어날 아이의 옷을 만들고 있는 셈이다. 가브리엘이 들고 있는 반지는 혼인을 의미하고, 멀리 보이는 남자의 거만한 자세로 보아 그는 왕일 것이며, 이는 그녀의 배 속 아이

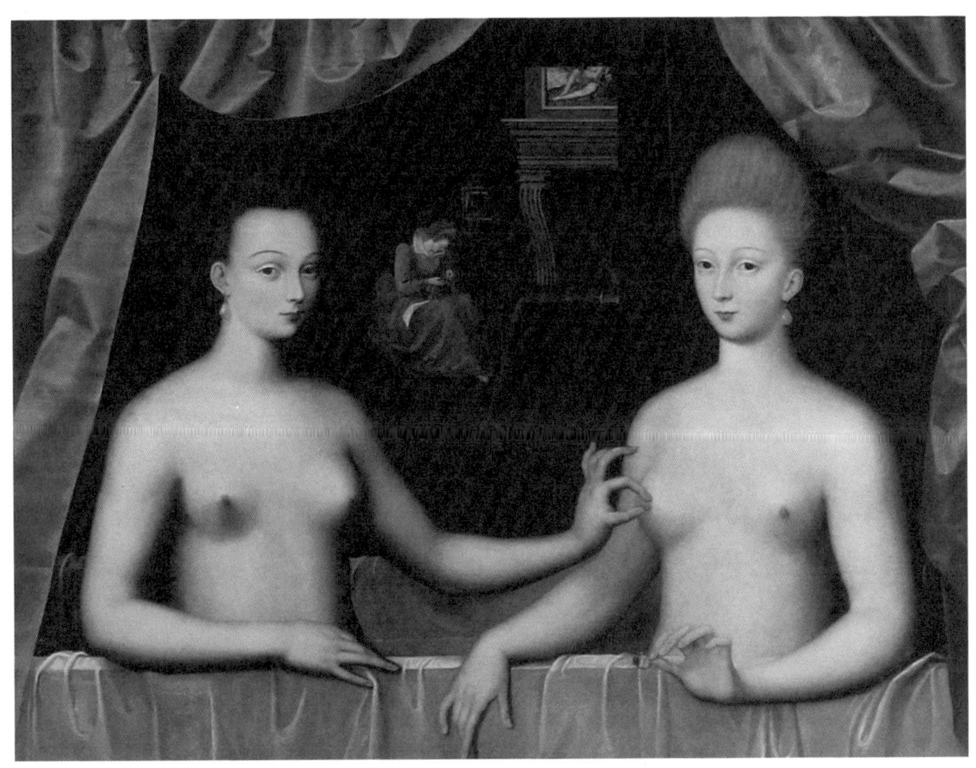

퐁텐블로 화파 | 가브리엘 데스트레 자매의 초상 | 17세기경 | 캔버스에 유채 | 59x72.5cm

가 왕의 아이임을 암시한다고 한다. 또한 그 옆에 불꽃이 살짝 보이는데 왕과 가브리엘의 불꽃 같은 사랑을 의미한다고 하니 그림 속 은유를 찾아내는 과정이 흥미롭다.

앙리 4세는 누구인가. 앙리 4세는 파리를 지성의 도시로 만들고자 루브르 대확장 공사를 추진했으며, 개인에게 종교의 자유를 허용하는 낭트칙령을 선포하여 프랑스 내 종교전쟁을 종결시켰다. 또 모든 백성이 일주일 중 하루는 닭고기를 먹을 수 있을 만큼 풍요로워지길 바라며 그간 황폐해진 경제를 재건하는 업적을 쌓은 왕이다.

그래서인지 프랑스인들은 닭고기를 자주 먹는 편인데 일요일에 닭고기를 먹는 문화가 이때 생겨났다고 한다. 유학 시절, 하숙집 할머니가 해준 첫 음식도 닭고기 요리였다. 역사의 한 페이지가 내게도 영향을 미친 것 같아 새삼 기분이 묘해진다.

사실 앙리 4세는 정략결혼한 첫 번째 왕비 마고에게 마음을 주지 않았다. 정부情婦가 50여 명이라는 등 호색왕으로 불리며 방탕한 생활을 이어갔으나 꽃다운 나이의 매력적인 가브리엘을 만나면서 불같은 사랑에 빠진다. 당시 가브리엘은 법적 남편이 있었지만 후사가 없던 왕은 그녀가 자신의 아이를 임신하자 그녀의 결혼을 무효화시켰다. 이혼 후 그녀와 결혼하려는 계획이었을까. 하지만 가브리엘이 26세의 젊은 나이에 죽자 둘의 사랑도 끝나고 만다. 왕비의 응징인지 왕과 원한관계에 있던 자의 복수인지는 알 수 없지만 권력의 세계란 늘 그렇지 않은가.

그녀가 죽은 뒤 앙리 4세는 결국 첫 번째 왕비와 이혼하고 다시 결혼한다. 두 번째 왕비 메디치를 만나러 가자.

〈메디치 갤러리〉 마리 드 메디치의 생애를 담다

〈메디치 갤러리〉는 루벤스 갤러리라고도 불린다. 루벤스의 24개 연작 대벽화가 있어서다. 이 공간은 앙리 4세의 두 번째 왕비, 마리 드 메디치Marie de Médicis, 1573-1642를 위한 곳으로, 뤽상부르 궁에 설치할 목적으로 계획되었다가 18세기 말에서 19세기 사이 루브르로 옮겨졌다.

전시실 가운데에 마리 드 메디치의 초상화를 중심으로 부모의 초상화, 마리의 운명을 찬양하는 그림, 어린 마리의 출생·교육·결혼 등 중요한 장면을 그린 벽화, 마리의 통치 기간 중 주요 장면이 담긴 그림들이 걸려 있다.

화가 루벤스와 그림의 주인공인 마리의 인연은 궁정 결혼식에서 시작된다. 권력이 정점에 이른 마리 드 메디치 왕비가 루벤스에게 자신의 생애를 다룬 그림을 주문했다. 루벤스는 이를 받아들여 화려한 색채와 역동적인 에너지를 발산하는 왕비의 일대기를 그린다. 이는 곧 루벤스의 대표작이 된다.

이제 마리 드 메디치에 대해 이야기해보자. 과거 유럽은 영토 확장과 세력 견제를 위해 왕가끼리 서로 뒤엉켜 혼인관계를 맺었다. 혼인으로 여왕은 포로 아닌 포로가 되기도 했다.

마리 드 메디치는 1600년에 앙리 4세의 두 번째 왕비로 많은 지참금을 안고 정략결혼한다. 낯선 땅에 시집온 그녀는 사치와 낭비로 시간을 보내다가 다행히 결혼 후 1년 만에 루이 13세를 낳는다. 1610년 남편 앙리 4세가 정치·종교적 문제로 암살당하자 당시 아홉 살이던 루이 13세를 대신해 섭정정치를 시작하며 권

〈메디치 갤러리〉에는 연작 벽화들이 무게감 있게 전시되어 있다.

력을 장악한다. 그러나 결국 성인이 된 아들 루이 13세에 의해 내쳐지는 불운을 겪는다. 그림 속에서는 고대 신화의 여러 신들과 함께 아름답고 화려하게 그려졌지만 사실상 그녀의 인생은 그리 평탄하지 않았다. 파란만장했던 그녀의 삶을 되짚어보며 작품을 감상한다.

페테르 파울 루벤스 | 마르세이유 항에 도착한 메디치가의 마리 | 1621~1625년 | 캔버스에 유채 | 394X295cm

리슐리외관 2층에서 만나는 북유럽 회화

리슐리외관 2층은 북유럽 회화가 주를 이룬다. 북유럽 회화 전시관에서 가장 의미 있는 작품으로 나는 얀 반 에이크Jan van Eyck, 1395?-1441의 〈롤랭 대주교와 성모〉를 꼽는다. 얀 반 에이크가 바로 유화 기법을 최초로 착안한 사람이기 때문이다. 유화 기법은 내구성이 가장 뛰어나며 섬세한 표현이 가능한 기법이다.

유화 기법이 도입되기 전 화가들은 주로 템페라 기법을 사용했다. 이는 안료(고유의 색을 가진 암석이나 광물, 동물의 분비물, 식물 등에서 추출한 가루)를 계란 노른자에 섞어서 사용하는 방법으로 빨리 마르기 때문에 수정이 어려웠다. 이에 얀 반 에이크는 안료를 아마씨 기름에 개서 사용하는 유화 기법을 개발했는데 이 기법으로 인해 물감의 농도 조절이 용이하고 덧칠도 가능하게 되었다. 그런데 왜 유화 물감이 아닌 유화 기법이라고 할까. 이는 물감 용기가 발명되기 전 안료에 기름을 섞어서 색칠하는 과정 자체를 하나의 기법으로 여겼기 때문이다.

그의 작품 〈롤랭 대주교와 성모〉를 가까이 들여다보면서 초기 유화 기법을 관찰해보자. 그다지 크지 않은 그림 속에 오밀조밀하게 무언가 잔뜩 그려져 있다. 그림 속 요소요소를 살펴보면 다양한 은유가 숨어 있지만 이를 모두 다 이해해야만 하는 것은 아니다. 유화 기법이 최초로 사용된 작품이라는 사실 하나만 기억해도 충분하다.

북유럽의 꽃미남 화가 뒤러의 자화상은 너무 오래 쳐다보지 말자. 한껏 치장한 도도한 모습에서 뒤러의 자기도취적 성격이 묻

좌_ **알브레히트 뒤러** | **엉겅퀴를 들고 있는 자화상** | 11493년 | 캔버스+양피지에 유채 | 56x44cm
우_ **얀 반 에이크** | **롤랭 대주교와 성모** | 1434–1435년경 | 패널에 유채 | 66x62cm

어난다고 할까. 너무 오래 쳐다보면 그의 양어깨가 미술관 천장을 뚫을지도.

이어서 요하네스 베르메르의 〈레이스를 뜨는 여인〉이 있는 38 전시실로 이동하자. 돋보기를 들고 왔어야 하나. 정말 작다. 그림을 조금이라도 크게 보이려고 이중액자를 했나 하는 순진한 생각이 들 정도로 액자 테두리 폭이 그림만큼 넓다. 베르메르는 동명의 소설과 영화로도 만들어져 우리에게 익숙한 작품 〈진주 귀걸이를 한 소녀〉의 작가다. 아쉽게도 그 작품은 이곳에 없다. 눈앞의 작품이라도 놓치지 말자. 이제 마지막 코스인 아래층으로 내려간다.

요하네스 베르메르 | **레이스를 뜨는 여인** | 1669–1670년 | 캔버스에 유채 | 24x21cm

황제의 거처 〈나폴레옹 3세의 아파트〉

리슐리외관 1층에는 나폴레옹 3세의 화려한 삶이 생생하게 재현되어 있다. 19세기 후반 나폴레옹 3세에 이르러서야, 앙리 2세의 왕비 카트린느 드 메디치가 계획한 튈르리 궁과 앙리 4세가 추진한 루브르 대확장 공사가 마무리된다. 3세기에 걸친 대역사가 완성된 것이다. 몇 달 혹은 몇 년 만에 건물을 뚝딱 지어버리는 한국과는 너무 다르다.

나폴레옹 1세의 조카인 나폴레옹 3세(샤를 루이 나폴레옹 보나파르트Charles Louis Napoléon Bonaparte)는 프랑스 최초의 대통령으로 당선되었음에도 권력에 대한 욕심 때문에 1851년 쿠데타를 강행하여 제2제정을 수립한다.

자신의 삼촌처럼 황제가 되고 싶었던 그는 이듬해 프랑스의 두 번째 황제가 된 후에도 과거 프랑스 대국의 전성기를 되찾기 위해 주변 국가와 끊임없이 전쟁을 치른다.

나폴레옹 3세는 정치적 야욕 못지않게 고급 귀족 문화에 대한 선망이 컸다. 그러한 동경은 공간 곳곳에 노골적으로 표현되어 있는데 이동하는 곳마다 화려한 인테리어에 압도되어 눈이 부실 정도다. 이처럼 화려하고 사치스러운 생활을 위해 그토록 권력을 쥐려 했을까? 그의 슬픈 종말을 알고 있는 지금 쓴웃음이 나올 뿐이다.

나폴레옹 3세 아파트의 대응접실과 대식당.

카트린느 드 메디치의 튈르리 공원

역대 왕들의 부흥과 몰락을 함께한 루브르의 800년 시간을 뒤로 하고 바로 앞에 있는 튈르리 공원으로 향한다. 앙리 2세 때 이탈리아 출신의 왕비, 카트린느 드 메디치가 모국에 대한 향수를 담아 이탈리아식으로 튈르리 정원을 조성했지만 이후 루이 14세의 명에 따라 프랑스식으로 바뀌었다. 안타깝게도 튈르리 궁은 파리코뮌 때 불 태워져 자취를 감추었고 현재는 튈르리 공원만 남아 야외 조각전 장소로 사용되고 있다.

이제 어디로 가볼까? 공원을 한참 걸어와 강 건너편을 바라보니

튈르리 공원에서 바라본 오르세.

오르세 미술관이 보인다. 돌로 된 외벽과 시계탑이 어우러져 수려한 자태를 뽐내고 있다.

때마침 배 속이 요동을 친다. 시계를 보니 점심시간이 훌쩍 지나 식당에 들어가기는 어려울 것 같다. 햄, 치즈, 야채를 듬뿍 넣은 크레프crépe를 사와서 튈르리 공원 벤치에 앉아 파리의 하늘을 만끽해야겠다.

> 루브르 미술관

PARIS-ORLEANS
BLOIS
TOURS
SADE
7 ANS DE RÉFLEXION
18 NOV.-22 FEV.

오르세 미술관

Musée d'Orsay

파리 시민의 민낯과 일상을 품다

연간 350만 명 이상이 방문할 정도로 전 세계인의 사랑을 받고 있는 오르세 미술관은 지하철역에서부터 미술 감상이 시작된다. 뮤제 도르세Musée d'Orsay 전철역 벽에 명화포스터가 줄 지어 걸려 있다. "오르세 미술관에 오신 걸 환영합니다."라는 인사를 건네듯 나를 반긴다.

파리에 처음 방문하는 이가 미술관을 꼭 하나만 추천해달라고 하면, 내 머리는 루브르 미술관을, 내 심장은 1초의 망설임도 없이 오르세 미술관을 말할 것이다. 나에게 오르세는 보고 또 봐도 늘 아쉬운 마음으로 발을 떼는 곳이다. 예전에 이곳에서 시간 가는 줄 모르고 그림에 빠져 있다가 약속 시간을 잊어버린 적도 있다. 언젠가 유럽 전역을 여행하고 돌아온 친구에게 파리에서 가장 좋았던 곳이 어디였냐고 물었더니 그 친구 역시 주저 없이 오르세 미술관이라고 답했다.

오르세는 왜 이렇게 큰 사랑을 받고 있을까? 프랑스인들은 19세기 말부터 20세기 초까지를 아름다운 시대라는 뜻의 '벨 에포크'라 부른다. 프랑스 문화 예술이 가장 화려하게 빛나던 시대다. 파리를 감히 예술의 도시라고 부를 수 있는 것도 바로 이 시간이 존재했기 때문이다. 그 빛나는 시대의 모습을 한눈에 볼 수 있는 곳, 바로 오르세 미술관이다.

오르세는 인상주의 작품이 주를 이루기 때문에 '인상주의 미술관'으로도 불린다. '오랑주리 미술관'과 '마르모탕 모네 미술관'도 마찬가지다. 이 세 곳을 하루에 돌고 싶다면 목요일이 좋겠다. 목요일은 오르세가 밤 9시 45분까지 개장하는 날이니 일정을 효율적으로 짤 수 있다. 아침에는 마르모탕 모네 미술관에서 〈해돋이〉를 보고, 이른 오후에 오랑주리 미술관에서 〈수련〉을 본 후, 늦은 오후에 오르세 미술관에 들어와 밤 시간까지 여유 있게 작품을 감상하는 것이다. 이날 하루는 인상주의에 흠뻑 빠질 수 있다. 뮤지엄 패스를 소지했다면 패스 기간 중 1일을 아주 알차게 사용할 수 있는 날이기도 하다. 꼭 기억해두자, '목요일 밤'엔 오르세를!

격정과 혼돈의 시기를 담은 인상주의 미술관

오르세는 1848년부터 1914년까지의 작품들을 소장하고 있다. 그 이전의 작품은 루브르 미술관에, 이후 작품은 퐁피두 국립근대미술관에 있다.

1848년은 2월혁명 후 나폴레옹 3세가 대통령으로 선출된 해다.

이어 나폴레옹 3세의 쿠데타로 인한 제2제정의 시작, 보불전쟁 패배, 사회주의 자치정부 파리코뮌 수립, 나폴레옹 3세의 폐위와 함께 시작된 제3공화정 등. 혼란과 변화를 거듭하던 프랑스는 급기야 1914년 제1차 세계대전까지 겪는다. 사회가 얼마나 혼란스러웠을지 짐작이 간다. 진한 상처는 언젠가 깊은 자기 성찰로 이어진다. 마치 삶이 그렇듯. 프랑스 역사 속 혼돈의 시기는 프랑스가 다방면으로 성숙해지는 계기가 된다. 정치·사회적 격동기에 프랑스 예술이 가장 활활 타올랐으니 말이다.

이곳에 소장된 작품들은 원래 세 곳에 흩어져 있었다. 몇 가지 기준에 따라 오르세 미술관으로 옮겨졌는데 첫째, 루브르 미술관 작품 중 1820년 이후 출생한 작가의 작품과 제2공화국 때 제작된 작품이 그렇다. 둘째로는 쥐 드 폼 국립갤러리의 인상주의 작품들, 국립근대미술관에 있던 1870년 이전 태생 작가의 작품들이 오르세 미술관 개관으로 한자리에 모인 것이다. 이들 대부분은 루이 18세가 생존 작가의 작품을 전시하기 위해 세웠던 뤽상부르 미술관에 있던 것들이다. 오르세 미술관 소장품들은 결국 뤽상부르 미술관에서 가져왔다고 볼 수 있다. 뤽상부르 공원에 가면 미술관이 아직도 건재하니 관심을 가져보자.

시대의 변화가 기차역을 미술관으로 바꾸다

미술관 앞에서 철제와 유리로 된 입구를 보고 있자니 미술관 예전 모습인 기차역이 연상되어 장난기가 발동한다. '기찻길 옆 오

과거 기차역이었던 오르세 미술관을 바라본다. 입구 방면의 유리와 철제 장식이 인상적이다.

막살이' 동요의 가사를 이렇게 바꿔보면 어떨까? '기찻길 옆 미술관에 인상주의 잘도 잔다~'. 오르세 미술관은 호텔을 갖춘 기차역이었다. 기차역에 호텔이라니 잠귀 밝은 사람들에겐 그다지 좋은 숙소는 아니었겠다.

기차역은 1900년 파리에서 열린 만국박람회가 계기가 되어 들어섰다. 지방 각지에서 몰려드는 방문객을 위해 파리 중심부에 위치한 옛 오르세 궁 부지가 기차역으로 적당했던 것이다. 공모를 통해 로마 대상 수상자이자 파리국립미술학교 건축학과 교수였던 '빅토르 랄루Victor Laloux'의 설계안이 선정되었다. 그는 철강과 유리로 구조물을 세우고 센 강 맞은편의 루브르와 조화를 이루기 위해 석회암으로 외벽을 장식했다. 그리하여 실용적이면서도 우아한 오르세 기차역이 탄생한다.

칙칙폭폭 연기를 뿜으며 달리던 증기기관차가 전기기관차로 발전하고 열차도 더 길어지자 오르세 역은 온전한 기차역으로서의 기능을 잃고 철도 영업을 중단하게 된다. 한동안 방치되다가 한때 세계적인 호텔을 새로 짓자는 의견이 거론되었지만 결국 미술관으로 결정한다. 이윽고 르노 바동, 피에로 콜복, 쟝 폴 필리폰 세 명으로 구성된 'A.C.T 건축연구소'가 기존 기차역 구조물에 미술관의 기능을 입혀 오르세 역은 미술관으로 탈바꿈한다. 그리고 1986년 12월 1일 역사적인 오르세 미술관이 탄생한다.

기존의 산업 구조물을 그대로 살리면서 멋진 문화 공간으로 개축한 걸 보면 그들이 옛것을 얼마나 중시하고 그것을 잘 보존하는지 알 수 있다. 프랑스인들이 단순히 조상 덕분에 많은 관광 수입을 올리며 편하게 살고 있다고 함부로 말할 수 없는 이유다.

오르세, 19세기 파리의 벨 에포크 시대로

그동안 한국어 오디오 가이드가 없어서 아쉬웠는데 최근 한국 기업의 후원으로 오르세에서도 한국어 음성 안내를 받을 수 있다. 친근한 그림이 많아서 오디오 가이드의 설명이 귀에 쏙쏙 들어온다. 여기에 정말 고맙게도 최근에 촬영이 허용되어 꽃 같은 그림들을 카메라에 담을 수 있다. 미술관 규정이 종종 바뀌므로 사진 촬영은 가능할 때 실컷 하자.

오르세 전시 공간은 세 개 층으로 나뉘어 있다. 프랑스는 층수 개념이 한국과 달라 많은 사람이 헷갈려 한다. 마치 한국에서 태어나자마자 0살이 아닌 한 살이 되고, 지상 층도 한 층으로 쳐서 1층이라고 부르는 것과 같다. 프랑스인들은 실제로 지상에서 하나의 층이 더 올라간 상태를 1층이라고 한다. 그러니까 한국의 2층이 프랑스에서는 1층이다. 오르세 미술관의 안내 지도에 적힌 0층, 2층, 5층은 한국식으로 말하면 1층, 3층, 6층이다. 밖에서 보면 6층 건물인데 내부에 들어가면 층고를 높게 하여 전시 공간을 세 개의 층에만 설치했다.

최상층은 미술관 안내 지도에 5층으로 표기되어 있는데 자연광이 내리쬐는 유리 지붕 아래 인상주의 작품들이 전시되어 있다. 중간층인 2층에는 로댕과 부르델의 조각상과 후기인상주의, 신인상주의 등 인상주의 이후 작품들이 볼 만하다. 지상 층인 0층에는 낭만주의, 신고전주의, 아카데미즘, 사실주의, 초기 인상주의 등 주로 인상주의 이전의 작품들이 있다.

미술관 입구에 서서 전시 공간을 바라봤을 때 센 강변 쪽인 왼쪽

최상층에서 내려다본 오르세 내부 전경.

을 센 갤러리, 오른쪽을 릴 갤러리라고 부른다.

나는 오늘 0층 센 갤러리에서 시작하여 5층으로 올라가 인상주의를 감상하려 한다. 이후 2층의 릴 갤러리와 실내 테라스를 거쳐 0층 릴 갤러리를 통과하여 퇴장할 것이다. 5층 전시관이 가장 흥미있을 테니 0층에서 너무 힘 빼지 말자. 0층은 나중에 내려오면서 다시 둘러볼 수도 있다. 좋은 작품이 너무 많아 고민이다. 이들 중 오르세 미술관 소장품의 가장 큰 특징인 19세기 시민 계층의 삶을 반영한 작품과 이곳에 와서 직접 보고 좋아하게 된 그림들을 하나하나 소개하려고 한다.

미술관 사정에 따라 전시실을 변경하거나 임시로 폐쇄하는 경우가 있으니 여기에서 언급하는 전시실 번호는 크게 신경 쓰지 않아도 된다. 외부 전시에 대여되었을 경우 일부 작품이 없을 수도 있다. 방문하는 날 안내 지도를 보면 이 책에서 언급하는 작품을 쉽게 찾을 수 있을 것이다. 그럼 19세기 파리의 벨 에포크, 아름다운 시대로 들어가보자.

농민의 고단한 삶을 말하다 〈이삭 줍는 여인들〉, 〈만종〉, 〈봄〉

먼저 센 갤러리의 첫 번째 공간 4 전시실에 들어선다.

갈색 톤의 풍경화들이 눈에 띈다. 풍경화가 프랑스에서 유행하기 시작한 것은 19세기 들어서다. 이전까지 풍경은 종교화나 역사화, 그리고 인물화의 배경에 불과했다. 풍경만으로 하나의 온전한 그림을 완성한다는 것은 상상도 못할 일이었다. 하지만 17세

장 프랑수아 밀레 | **이삭 줍는 여인들** | 1857년 | 캔버스에 유채 | 83.5X110cm

기 무렵 네덜란드에서는 이미 풍경화와 정물화가 하나의 미술 장르로 인정받았고, 18세기에는 유럽 대륙에 비해 산업혁명을 빨리 이뤄낸 영국에서도 풍경화가 유행했다. 19세기에 이르러서야 프랑스에도 풍경화가 나타났다. 대표적으로 바르비종파의 작품들이 있다.

바르비종파의 '바르비종'은 파리에서 남서쪽으로 65킬로미터 정도 떨어진 작은 마을 이름이다.

장 프랑수아 밀레 | **만종** | 1857–1859년 | 캔버스에 유채 | 55x66cm

이 마을 근처에는 아름다운 퐁텐블로 숲이 있는데 나무가 울창하고 여러 종류의 동식물이 서식하고 있어 예전부터 왕족과 귀족이 사냥이나 휴양을 위해 자주 찾던 곳이다.

19세기 초, 야생 그대로의 모습을 간직한 이 마을의 숲과 시골 풍경을 그리기 위해 화가들이 모여들었는데 이들을 가리켜 바르비종파라고 부른다.

유학 시절 이곳에 가려고 친한 언니와 하루 전날 생애 처음으로 김밥을 만들었는데 우왕좌왕하다가 다음 날 아침 몸살이 나고 말았다. 결국 집에서 터진 김밥을 먹으며 도록에서 바르비종의 그림만 찾아봤던, 나에겐 웃지 못할 추억이 있는 곳이다.

이 전시실에서 여행자들에게 가장 익숙한 그림은 장 프랑수아 밀레Jean-François Millet, 1814-1875의 〈이삭 줍는 여인들〉일 것이다. 얼핏 보면 평화로워 보이지만 숨은 이야기가 애달프다. 그림 속 세 여인은 추수 후 땅에 떨어진 이삭이라도 주워야 먹고살 수 있는 사람들이다. 왼쪽 여인 뒤로 추수하는 사람들은 남의 땅에서 농사짓는 소작농이다. 오른편 뒤쪽의 말 탄 이가 그들을 감시하고 있다. 추수하고 버려진 낱알을 주워 모으는 최하층민의 빈곤한 삶, 이것이 당시 농촌의 현실이었다.

밀레의 '농촌 현장 고발' 같은 이 그림은 당시 획기적이었다. 보수층은 정치적 의도가 담겼다며 발끈했다. 하지만 없는 사실을 만들어낸 것이 아니라 보이는 대로 그렸을 뿐이니, 시비의 여지가 있을 수 있겠는가.

밀레의 또 다른 그림 〈만종〉을 만나보자. 마찬가지로 두 농민의 삶이 투영된 이 작품은 본래 1,000프랑에 해외로 판매되었다. 밀레의 인기가 치솟으면서 루브르가 다시 매입하려고 애썼지만 미국 예술협회에게 넘어가고 만다. 이후 백화점 소유주였던 알프레드 쇼사가 약 80만 프랑의 거금을 지불하고서야 프랑스로 다시 가져올 수 있었다. 작품 가격을 무려 800배나 더 주고 말이다. 하지만 작품이 높은 가격에 팔려도 밀레의 가족은 여전히 가난에 허덕였다. 다행히 이 일을 계기로 화가의 생계와 지적재산권을 보호하는 '추급권Droit de suite' 제도(화가가 생존했을 때는 물론 사후 70년까지 작품을 되팔 때마다 발생하는 수익의 일부를 화가 본인이나 가족에게 지급하는 제도)가 생겼다. 현재 유럽을 포함하여 60여 개국 이상의 나라에서 시행 중이고 한국은 2007년 유럽연합과 FTA 협상을 맺은 것을 계기로 여러 차례 논의된 적이 있다. 모쪼록 한국에도 빠른 시일 내에 추급권 제도가 정착되길 바라는 마음이다. 작품 값이 크게 올라도 화가에게는 아무런 영향을 주지 못하는 이 현실이 화가인 나로서는 아쉽지 않을 수 없다.

무지개가 활짝 핀 풍경화가 눈에 들어온다. 밀레가 말년에 그린 작품 〈봄〉이다. 여우비가 지나간 것일까? 어느 봄날 비의 여신이 초목의 갈증을 풀어주니 이파리들이 생기를 되찾는다. 초록빛 이슬이 싱그럽게 빛나는 '동구 밖 과수원길'에 햇살이 내리쬔다. 늘 인물이 등장하던 밀레의 풍경화에 어쩐 일로 인물이 없나 했더니 아니나 다를까 숨바꼭질하듯 저 멀리 나무 아래 농부 한 명이 비를 피해 숨어 있다. 그리고 시선을 그에게로 안내하듯 양쪽에 두 그루의 나무가 몸을 기울여 길을 터주고 있다. 가끔은 이런 전원 풍경이 좋다. 마음이 평안해져 초록 나무 앞에서 발걸음이 떨어지질 않는다.

장 프랑수아 밀레 | **봄** | 1868–1873년 | 캔버스에 유채 | 86x111cm

이 작품은 테오도르 루소의 후원자였던 프레데릭 하트만Frédéric Hartmann이 주문한 〈사계〉 연작 중 하나다. 원래는 루소에게 주문한 작품인데 그가 미처 완성하지 못하고 세상을 뜨자 그의 막역한 친구였던 밀레가 완성했다. 앞서 본 〈이삭 줍는 여인들〉과 〈만종〉 이후 10여 년이 지나 그린 작품이다. 전보다 훨씬 밝고 산뜻해졌다. 시대가 변하면 화가의 그림도 변하듯, 미술의 한 시대가 저물고 다음 시대가 올 것을 암시하는 듯하다. 바르비종을 자주 찾으며 밀레를 따르던 모네와 바지유, 르누와르를 비롯한 젊은 화가들이 후에 펼치게 될 인상주의를 예견이라도 하는 것처럼.

신사의 가식을 벗긴 〈올랭피아〉

14 전시실로 건너오니 인상주의 초기 작품들이 걸려 있다. 여기서 만날 첫 번째 화가는 파리 살롱에서 〈올랭피아〉로 처음 존재를 드러낸 마네다. 루이 14세가 만든 파리 살롱은 혁명기에 중단되었다가 19세기 초중반 격년제로 다시 시작되어 1863년부터는 매년 개최된다. 왕족, 성직자, 귀족의 후원이 사라진 자본주의 사회에서, 파리 살롱 입선은 어느덧 화가에게 명예와 부를 동시에 안겨주는 황금 열쇠가 된다. 살롱에 입선하면 작품이 전시되고, 이름이 알려지면서 작품 판매로 이어질 수 있기 때문이다. 살롱은 도시의 산업화로 급성장한 부르주아의 열띤 호응에 힘입어 호황을 이룬다.

산업혁명 이후 사회가 급변하면서 미술계에도 새로운 시도를

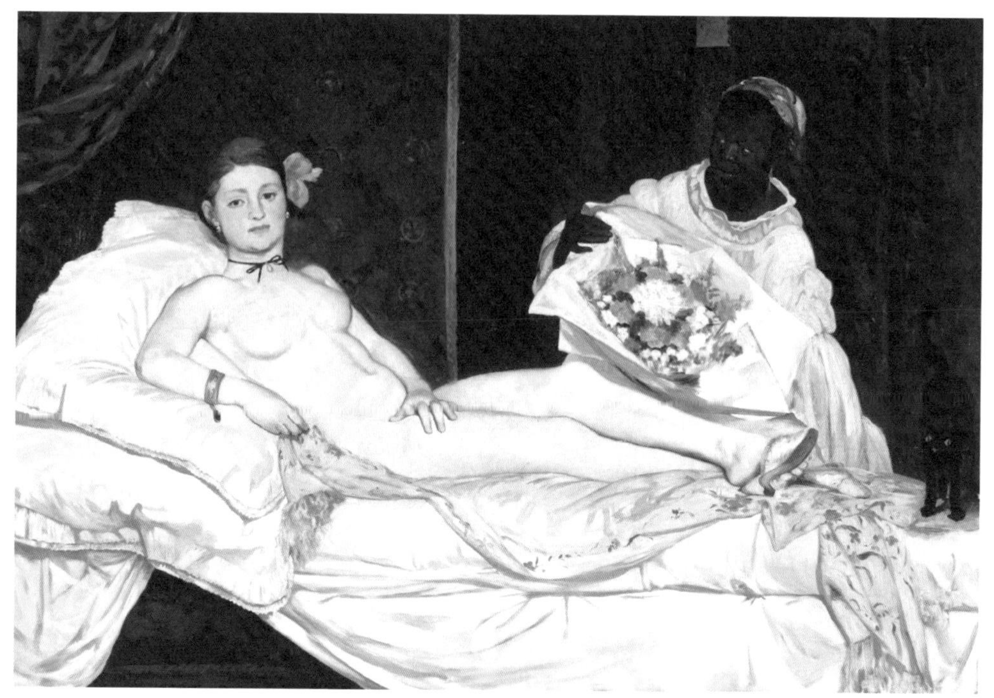

에두아르 마네 | **올랭피아** | 1863년 | 캔버스에 유채 | 130x190cm

하는 젊은 화가들이 등장한다. 하지만 살롱의 심사위원들은 명암법과 원근법이 잘 표현되고 주제를 은유적으로 표현하는 이른바 아카데미즘에 충실한 작품만을 가치 있는 예술 작품으로 간주하고 전통을 거스르는 진보파들을 철저히 냉대한다. 심사위원들에게 그들은 돌연변이이자 악동이었다. 그 첫 번째 악동이 바로 마네Edouard Manet, 1832-1883다. 그의 초기 작품을 보자.

마네는 1865년 살롱전에 〈올랭피아〉를 출품했다. 티치아노 베첼리오Tiziano Vecellio의 〈우르비노의 비너스〉에서 영감을 받았다고 한다. 때문에 이 두 작품은 2013년 베니스에서 나란히 전시되기도 한다. 〈올랭피아〉는 21세기에 들어서야 첫 해외 전시가 떠들썩하게 보도되며 명작으로 대우받았지만 발표 당시에는 정반대였다. 살롱에 출품하여 다행히 입선에는 올랐지만 모퉁이에 걸려 눈에 잘 띄지도 않았고 평론가로부터도 신랄한 비난을 받았다.

'올랭피아'가 의미하는 것은 무엇일까. '올랭피아'는 19세기 당시 소설과 연극에서 흔히 볼 수 있는 매춘부 이름이다. 실제 매춘부들도 이 이름을 사용했다. 그림 속의 목걸이, 팔찌, 머리장식도 그녀들이 주로 하던 액세서리였다. 옷을 벗고 침대에 당당히 누워 있는 여인에게 하인이 꽃을 가져다주고 고양이도 꼬리를 세워 손님이 왔음을 알린다. 여러 정황으로 보아 그녀는 매춘부임이 분명하다. 그런데도 그녀는 너무도 당당하게 관람자를 빤히 쳐다보고 있다. 당시 부르주아 남성들이 고급 창녀를 상대하는 것이 공공연한 사실이었음에도 막상 마네가 현실을 직접적으로 드러내자 〈올랭피아〉를 본 남자들은 제 발 저린 도둑 마냥 노발대발했다.

1863년 살롱에서 1등상을 받아 나폴레옹 3세가 그 자리에서 매

위_ **알렉상드르 카바넬** | **비너스의 탄생** | 1863년 | 캔버스에 유채 | 130x225 cm

아래_ **티치아노 베첼리오** | **우르비노의 비너스** | 1537~1538년 | 캔버스에 유채 | 119x165cm

입한 알렉상드르 카바넬의 〈비너스의 탄생〉과 비교해보자. 이 작품은 부드러운 피부 표현과 입체감이 잘 표현되었고 여성의 나체를 천사와 함께 등장시켜 신화적인 인상을 풍긴다. 여성의 포즈가 상당히 관능적임에도 불구하고 분위기가 신비스럽다. 그러니 부르주아 남성들은 여성의 누드를 감상하면서 우아하게 체면도 지킬 수 있었다. 제목까지 점잖으니 더할 나위 없이 만족스러웠을 것이다. 기법과 주제, 제목 모두 마치 "그림이란 이렇게 그리는 거다."라는 모범을 보여주는 듯하다.

이와는 달리 마네의 〈올랭피아〉는 인물이 밝고 배경이 어두워서 인물과 배경이 구분될 뿐 입체감과 원근감은 완전히 무시되었다. 이 새로운 시도는 '우키요에'라는 일본의 채색 목판화의 영향으로 볼 수 있다. 우키요에는 서민계층의 일상을 다룬 풍속화를 서민에게도 쉽게 보급하고자 판화로 찍어낸 것인데 1862년 런던에서 열린 만국박람회에 일본 공예품이 소개되면서 자연스럽게 프랑스에 유입되었다. 일본은 박람회에 보내는 도자기가 깨지지 않도록 우키요에로 포장해서 보냈는데 그것이 유럽인들에게 큰 호응을 얻고 자포니즘이 퍼져나간 것이다. 특히 인상주의 화가들이 여기에 매료되었다.

예를 들면, 모네와 고흐는 우키요에를 단순히 모사하는 데 그치지 않고 열광적으로 수집했다. 심지어 인상주의 음악가로 불리는, 클로드 드뷔시Claude Debussy는 가쓰시카 호쿠사이의 〈가나가와 바다의 큰 파도〉라는 우키요에를 보고 영감을 받아 〈바다〉라는 곡을 만들 정도였으니 당시 우키요에의 유행을 가히 짐작할 수 있다. 한국이 조금 더 일찍 문호를 개방했다면 유럽에 한국 풍속화가 유행

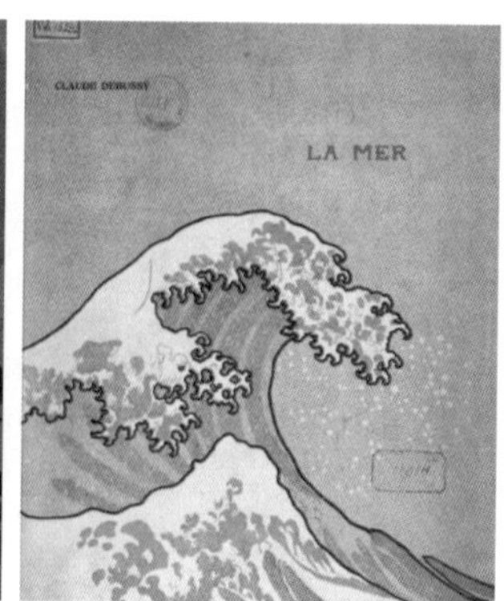

좌_ **가쓰시카 호쿠사이** | **가나가와 바다의 큰 파도** | 1831년 | 판화
우_ 드뷔시의 〈바다〉 악보 표지.

하지 않았을까…. 예나 지금이나 인간의 삶에 타이밍이 얼마나 중요한지 새삼 느끼는 순간이다.

객관적이고 직설적인 시선 〈오르낭의 매장〉, 〈세상의 기원〉

19세기 중반 아카데미즘을 거부한 또 한 명의 악동으로 귀스타브 쿠르베Gustave Courbet, 1819-1877가 있다. 그는 사실주의의 대표 화가로 "나는 천사와 여신을 본 적이 없다. 그래서 그것을 그리지 않는다."는 말로 아카데미즘에 정면으로 맞섰다. 19세기 초반까지의 회화가 인간이 보고자 하는 것을 보여줬다면 19세기 중반부터는 현실의 모습을 그대로 보여주기 시작한다. 더 이상 아름답고 교훈적인 것만이 그림의 주제가 되는 것은 아니었다.

귀스타브 쿠르베 | **오르낭의 매장** | 1849–1850년 | 캔버스에 유채 | 315x668cm

보기에 불편한 것들조차 가감 없이 객관적으로 표현하는 것, 바로 사실주의다.

그럼 센 갤러리 끝에 위치한 쿠르베의 대작 전시 공간으로 가보자. 멀리서도 눈에 띄는 그림이 있다. 정말 장대하다. 귀스타브 쿠르베의 〈오르낭의 매장〉이다. 가로길이가 거의 7미터에 육박하니, 이런 작품은 캔버스를 짜기조차 힘들고 제작비도 상당했을 것이다. 부농의 아들이었던 쿠르베는 스케일 역시 남달랐다.

19세기 중반에 이 정도 크기의 그림을 그렸다면 왕 정도가 그림에 등장해야 말이 되는데 평범한 사람들만 모여 있다. 〈오르낭의 매장〉은 오르낭이라는 마을에 사는 한 농민의 장례식을 담아냈다. 왕족도 성직자도 귀족도 신화 속 인물도 아닌 한낱 평범한 농민 장례식을, 역사화나 종교화에서나 보던 엄청나게 큰 캔버스에 그려 보수파에게 큰 충격을 안겨주었다.

도대체 농민의 장례식을 그린 게 왜 문제란 말인가.

사실 과거 프랑스에서는 신자가 아니거나 이교도, 혹은 가난한 자는 땅에 묻힐 수 없었다. 죽어서조차 평안히 잠들 수 없는 처지, 그것이 하층민의 현실이었다. 나폴레옹이 "시민 개개인은 인종과 종교에 상관없이 누구나 묻힐 수 있는 권리가 있다."라며 시민의 매장 권리를 선포하고 1804년 공원식 공동묘지를 만들고 나서야 시민계급도 땅에 묻힐 수 있었다. 파리 20구에 위치한 페르라쉐즈 묘지Cimetière du Père-Lachaise는 나폴레옹이 만든 최초의 공원식 공동묘지다. 〈오르낭의 매장〉은 공동묘지가 생긴지 반세기 후에 그려진 작품이다. 반세기가 길다면 길지만 하층민의 장례식을 예술 작품의 소재로 받아들이기에는 턱없이 부족했던 모양이다.

쿠르베 대작의 위세에 눌려 깜빡 잊을 뻔했다. 쿠르베의 〈세상의 기원〉은 센 갤러리 20 전시실에 있다. 이보다 3년 앞서 제작된 마네의 〈올랭피아〉는 저리가라 할 정도로 여성의 인체를 너무도 적나라하게 묘사하고 〈세상의 기원〉이라 이름 붙였다. 이렇게 직설적인 그림의 제목치곤 너무 거창하다는 생각이 들지만 설득력 있는 제목이다. 루브르에서 본 앵그르의 〈발팽송의 목욕하는 여인〉과 조금 전에 감상한 마네의 〈올랭피아〉와 이 작품을 한 공간에 배치하면 재미있을 것 같다. 각각 고전주의와 인상주의, 사실주의의 표현 기법이 어떻게 다른지 확실하게 드러나면서도 시간이 지남에 따라 과감해지는 화가들의 반란을 확인하는 것도 흥미롭겠다.

페르라쉐즈 묘지.

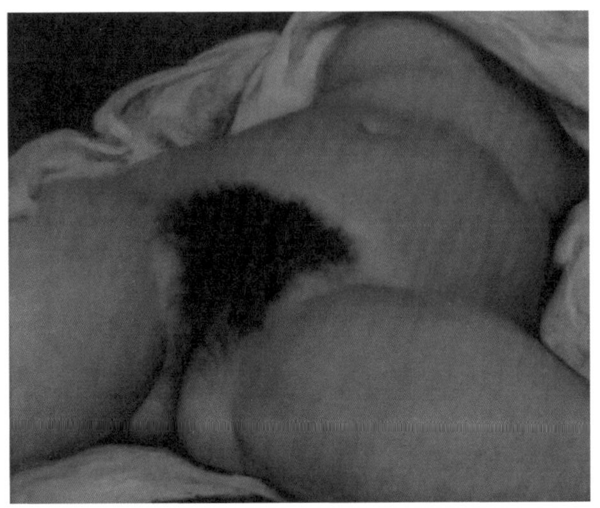

귀스타브 쿠르베 | **세상의 기원** | 1866년 | 캔버스에 유채 | 46x55cm

얼굴은 없고 신체의 일부만 있어 더 궁금해지는 〈세상의 기원〉의 주인공은 누구일까? 그림의 모델은 인상주의 화가로 알려진 제임스 휘슬러James Abbott McNeill Whistler의 모델이자 애인이었던 조애나 히퍼넌Joanna Hiffernan으로 추정된다. 휘슬러가 여행으로 파리를 비운 사이 쿠르베가 조애나를 모델로 노골적인 누드화를 몇 점 그렸는데, 이후 선후배 사이로 막역했던 쿠르베와 휘슬러는 결별하고 휘슬러와 조애나도 끝내 헤어진다. 학자들은 그 이유가 이 그림 때문일거라고 추측한다. 몇 해 전에는 한 행위예술가가 이 작품 앞에서 누드 퍼포먼스를 펼치면서 예술과 외설에 관한 논쟁의 중심에 다시 올랐다. 나 또한 '예술'과 '외설' 사이에서 명확한 답을 찾기가 쉽지 않다.

0층에서 5층으로 오르며

5층으로 올라오니 센 강 건너편에서 보았던 시계탑 뒤편이 나온다. 드가의 무희 조각상들이 한 공간을 차지하고 사람들이 시계탑을 배경으로 사진을 찍고 있다. 하루 일과를 마치고 데이트 나온 연인들이 보인다. 외계 동물을 연상시키는 잿빛 소파에 하나둘 널브러져 휴식을 취한다. 나도 그 옆에 털썩 앉는다. 가방 속에서 초콜릿을 하나 꺼내어 물고 잠시 휴식 시간을 갖는다. 그림 감상으로 눈은 호강하는데 연이은 강행군으로 다리는 고달프다. 미술 여행은 걷는 시간이 많아서 여행 전 체력보충을 잘 해야 한다. 강행군을 각오했다면 초코바 정도의 간식과 물은 잊지 말고 챙기자.

독특한 모양을 한 잿빛 소파에 편하게 몸을 기대본다.

소파에 앉아 첫 번째 전시실 쪽을 바라보니 '인상주의의 기원'이라는 제목이 보인다. 시기별로 전시 공간을 분류한 모양이다. 19세기에는 산업혁명으로 과학기술이 눈에 띄게 발전하였는데 특히 사진 기술의 발명과 튜브 물감의 상용화는 화가들에게 큰 영향을 주었다. 여기서 비롯된 고민과 변화가 인상주의의 탄생 배경이 되었다.

사진의 등장으로 화가들은 실제의 모습을 그대로 재현하는 데 더이상 흥미를 느끼지 못했다. 명암법과 원근법에 매달려야 할 이유가 사라진 것이다. 실제와 똑같이 재현하는 건 카메라도 잘하는데 굳이 화가가 거기에 얽매일 필요가 없었다. 사진 기술의 발명이 화가들에게 새로운 고민을 안겨주면서 미술에도 새로운 변화의 움직임이 나타났다. 화가들은 인상주의를 기점으로 기존 표현 기법의 규범을 하나씩 깨뜨리면서 현대미술을 향해 달려나갔다. 현대미술이 어렵다면 미술가를 원망하지 말고 사진기를 원망하라고 말하고 싶다.

또 하나의 큰 변화는 바로 튜브 물감의 등장이다. 튜브 물감의 발명으로 화가들은 밖에서도 그림을 그릴 수 있게 되었다. 주로 밖에서 스케치를 한 뒤 작업실에서 그림을 완성했는데, 야외에서 그림을 완성하고 싶을 때는 돼지 방광에 물감을 넣고 다녀야 했다. 튜브물감 덕분에 생생한 자연의 색과 풍경과 그때의 느낌을 그 자리에서 담아낼 수 있게 되었다. 최고의 목수는 연장을 탓하지 않는다지만 만약 그 시대로 돌아간다면 나는 어찌했을지 상상조차 하기 싫다. 19세기 화가들에게 튜브 물감의 발명은 실로 획기적인 일이 아닐 수 없다.

5층 시계탑 앞에 서서 오늘의 전시를 돌이켜본다.

인상주의의 선구자, 마네 〈풀밭 위의 점심식사〉

전시실에 들어서니 생각나는 영화가 한 편 있다. 영국의 BBC 방송에서 제작한 다큐드라마 3부작 〈인상주의 화가들The Impressionists〉이다. 현존하는 서신과 기록들을 토대로 사실과 상당히 근접하게 만든 영상물이다. 대사 하나하나가 크게 와닿는다. 이 다큐가 인상주의 작품들을 감상하는 데 어느 정도 도움이 될 것이다.

첫 번째 전시실에서 가장 중요한 작품은 단연 마네의 〈풀밭 위의 점심식사〉다. 인상주의의 선구자라 할 수 있는 마네 작품에 다가간다. "형편없다. 너무 못 그렸다. 마네는 미술 수업을 제대로 받지 않고 뛰쳐나가 이렇다. 완성도 안 된 그림을 살롱전에 출품했으니 떨어진 게 당연한 거 아닌가?" 옆에 있는 중년 신사가 열변을 토한다. 학생들로 보이는 무리가 키득키득 웃는다. 학생들의 이해를 돕기 위해 당시 보수파의 생각을 자신이 대신 토해내고 있는 듯 하다. 노교수가 내 마음속을 들여다본 것일까? 마네는 학교 수업보다는 루브르에 가서 모사를 즐겼다고 한다. 이 그림을 볼 때마다 미완성작 같다는 생각이 들었는데, 노교수의 말이 마네에 대한 내 시각을 재차 상기시킨다.

살롱에 출품할 당시 마네가 뛰쳐나온 아카데미 선생인 토마스 쿠튀르Thomas Couture도 살롱의 심사위원이었으니 입선이 쉽지 않았을 것이다. 정치적 혼란기를 겪으면서 사회도 변하고 시민도 변해갔지만 유독 변하지 않은 것이 있었다. 바로 그림에 대한 기존의 꼿꼿한 기준이었다.

기득권을 가진 미술계 보수파는 자기 나름의 이상적 그림에 대

에두아르 마네 | **풀밭 위의 점심식사** | 1863년 | 캔버스에 유채 | 208x264.5cm

한 기준이 있었고, 이 기준은 쉽사리 변하지 않았다. 그런 파리 미술계의 분위기는 아랑곳하지 않고 마네는 1863년 파리 살롱에 〈풀밭 위의 점심식사〉를 투척한다. 옷을 벗은 여인과 부르주아 남성을 함께 등장시켜 그들의 문란하고 한량 같은 일상을 표현했다. 이런 돌연변이 같은 작품이 살롱에 입선할 리 없었고 나폴레옹 3세가 낙선자들을 위해 열어준 낙선전에서야 〈목욕〉이라는 제목으로 대중에게 선보일 수 있었다. 이로 인해 마네는 불명예스러운 유명인사가 되었다. 저속해 보이는 주제도 문제였지만 그보다 표현 기법 때문에 더 혹평을 받았다. 티치아노의 〈전원음악회〉에서 영감을 받고, 라파엘로의 〈파리스의 심판〉을 모사한 마르칸토니오 라이몬디의 판화에서 네 인물의 구도를 차용했다는데, 정작 원화의 성스러움은 찾아볼 수가 없었다. 오히려 상스럽다며 대중의 비난을 받아야 했다.

마네 그림이 낙선했다는 사실이 전혀 이해되지 않는다면 앞서 첨부한 카바넬의 〈비너스의 탄생〉과 비교해보라. 당신이 살롱 심사위원이 되어 두 작품을 심사한다면 어느 작품을 선택할 것인가. 카바넬의 그림이 더 잘 그린 그림이라는 데에 이의를 제기할 사람이 과연 몇 명이나 될까? 이렇듯 선구자들은 늘 가시덤불과 같은 힘든 과정을 헤쳐나가야 했다.

이 그림으로 인해 마네는 보수파에게 냉대를 받았지만 진보 화가들에게는 동경의 대상이 되었다. 마네와 이름도 비슷한 모네는 2년 후 동일한 소재로 마네를 오마주 하는 그림을 그린다. 마네의 〈풀밭 위의 점심식사〉가 낙선전에서 크게 이슈가 된 것을 보고 다음 해 낙선전을 위해 이 작품을 준비했지만 안타깝게도 낙선전은

위_ **티치아노 베첼리오** | **전원음악회** | 1508–1509년 | 105x136cm | 캔버스에 유채 | 루브르 미술관

아래_ 라파엘로의 〈파리스의 심판〉을 모사한 마르칸토니오 라이몬디의 판화 중 일부분.

열리지 않았다. 다른 인상주의 화가들과 달리 경제 상황이 좋지 않았던 모네는 집세를 대신해서 그 작품을 집주인에게 맡겼다가 나중에 되찾아온다. 그 사이 작품이 손상되어 보수 과정에서 어쩔 수 없이 3등분을 했는데 한 개는 분실되었고, 오르세에는 두 개만 남아 있다. 험난한 여정을 거쳤지만 모네의 그림은 마네의 작품과 한 공간에 설치되는 영광을 누리고 있다.

한계를 뛰어넘은 여성 화가, 모리조 〈요람〉

'1874년 첫 번째 인상주의전 무렵'이라고 쓰여진 31 전시실로 향한다. 인상주의 화가들이 첫 번째 전시에 출품했던 그림과 그 무렵 제작된 작품들이 걸려 있다.

인상주의는 '게르부아Guerbois'라는 카페에서 시작되었다. 이 카페는 패기 넘치는 젊은 화가들의 아지트 같은 곳이었다. 그들은 이곳에 자주 모여 예술에 대한 철학을 나누었고 결국 모네와 르누아르, 드가를 중심으로 1874년 〈무명 화가, 조각가, 판화가 협회〉창단을 감행해 펠릭스 나다르Félix Nadar의 사진관에서 첫 전시를 갖는다. 드디어 인상주의 화가들의 공식적인 도발이 시작된 것이다.

베르트 모리조Berthe Marie Pauline Morisot, 1841-1895는 인상주의 첫 전시에 참여했던 유일한 여성화가다. 〈요람〉은 모리조가 인상파 첫 전시에 출품한 작품이다. 작품의 주인공은 모리조의 언니 에드마와 조카다.

베르트 모리조 | **요람** | 1872년 | 캔버스에 유채 | 56x46cm

에두아르 마네 | **제비꽃을 든 모리조** | 1872년 | 캔버스에 유채 | 55x40cm

당시 여성화가의 그림 소재는 대부분 집안에서 쉽게 접할 수 있는 가족이나 아이들이었다. 보수적인 사회 분위기 때문에 어쩔 수 없는 선택이었다. 19세기 파리 여성의 지위는 당시 한국과 크게 다르지 않았다. 흔히 프랑스를 상당히 개방적이고 진보적인 나라로 생각하지만, 한국보다 고작 4년 앞선 1944년에서야 여성에게 선거권이 주어졌다.

여성이 에꼴 데 보자르에서 남성 누드를 직접 보고 그린다는 건 더욱 상상도 못할 일이었다. 로마 대상 응시자격 역시 30세 이하 남성으로 제한할 만큼 여성이 미술을 하는 환경은 턱없이 열악했다. 그나마 딸을 위해 아낌없이 지원해주는 어머니 덕분에 언니와 함께 개인교습을 받고 루브르 미술관에서 대가의 그림을 모사하며 화가가 될 수 있었다.

드가의 적극적인 추천으로 급진보 성향의 인상주의 전시회에 참여하게 되었고 총 8회의 전시 중 출산할 때 한 번을 제외하고는 모든 전시에 출품할 정도로 열정적이었다.

그녀가 훌륭한 화가로서 성장하는 데 있어서 마네와의 만남을 빼놓을 수 없다. 그녀는 어느 날 파리 화단의 스캔들 제조기이자 젊은 화가들의 우상이 된 마네를 루브르에서 우연히 만난다. 마네는 모리조를 처음 본 순간 그녀의 까만 눈동자와 이지적인 모습에 반해 모델을 제안했고 자연스럽게 만남을 이어갔다. 둘은 화가와 모델로, 선생과 문하생으로, 같은 길을 걷는 동료로서 서로를 의지했다. 마네에게는 이미 아내가 있었으니, 둘이 남녀 관계로 발전하기엔 현실적인 어려움이 있었다. 그렇게 둘의 관계가 한계에 이를 즈음 마네의 동생, 외젠 마네Eugéne Manet가 모리조에게 청혼을 하고 결혼에 골인한다. 그렇게 해서 모르조와 마네는 한 남자를 중간에 끼고 가족이 되어, 모리조는 마네의 뮤즈로, 마네는 모리조의 정신적 지주로 살아간다.

모리조와 마네, 둘의 알쏭달쏭한 러브스토리는 2012년 〈마네의 제비꽃 여인: 베르트 모리조〉라는 영화로 제작되기도 했다. 프랑스 영화라 하면 대개 그렇듯 어느 정도의 지루함은 감내해야 하지만 이루지 못해서 더 애틋한 그들의 사랑 이야기와 더불어 배경에 등장하는 그림을 감상하는 재미가 쏠쏠하다.

근대화된 파리를 만나다 〈생라자르 역〉

32 전시실은 '근대화된 파리'를 담은 그림들로 가득하다. 이곳에서는 부르주아라 불리는 도시 자본가의 호화롭고 즐거운 일상과 도시 노동자의 고된 일상이 담긴 인상주의 그림들을 만날 수 있다. 내가 오르세 미술관을 시간의 미술관으로 분류하고 파리 시민의 일상을 품은 시간이라고 한 이유가 바로 이 전시실에 있다.

19세기 중반, 근대화가 진행되던 당시 파리는 산업혁명으로 인해 농촌인구가 도시로 빠르게 유입되어 인구과밀현상이 일어났지만 주택은 부족했고 전염병이 쉽게 나돌 정도로 비위생적이고 열악했다. 그래서 나폴레옹 3세는 조르주 외젠 오스망 남작Baron Georges-Eugène Haussmann을 파리 지사로 임명하고 오스망은 파리 개조사업에 착수한다.

그는 오염된 상하수도를 정비하고, 녹지를 조성하고, 구불구불

클로드 모네 | **생라자르 역** | 1877년 | 캔버스에 유채 | 75x104cm

하고 좁은 골목길들을 군사 진격에도 용이한 직선 대로로 확장한다. 중세 시대의 허름한 건물들을 허물고, 공공 건축물과 일반인이 거주할 수 있는 아파트를 지었다. 도시 전체의 조화로운 미관을 위해 아파트 철제 발코니 설치를 규정하는 등 오스망식 건축관리 규정도 만들었다.

나폴레옹 3세의 파리 개조사업은 19세기 세계 2차 산업혁명 이후 급격하게 발전한 화학, 전기, 석유, 철도, 철강, 유리산업을 발판으로 성공적으로 완수된다. 비로소 근대 파리가 시작된 것이다. 이로 인해 세금 부담이 커져 시민들의 원성은 높았지만 1867년 파리 만국박람회 때 새단장한 파리가 공개되자 전 세계의 찬사가 쏟아졌다.

나는 이 전시실에서 모네와 카유보트, 르누아르, 드가의 작품을 주로 볼 것이다.

가장 먼저 모네의 〈생라자르 역〉을 통해 근대화된 파리의 모습을 만난다. 기차역 미술관에 기차역 그림이 안착했다. 철골과 유리가 조화를 이룬 역사의 모습이 한눈에 들어온다. 증기기관차가 뿜어내는 연기가 실감나게 표현되어 기차가 캔버스를 뚫고 튀어나올 기세다. 대기의 표현에 특히 관심이 많았던 모네에게 기차역은 아주 흥미로운 소재였다. 그는 역장에게 그림을 그릴 수 있게 해달라고 간곡히 부탁했다. 다행히도 역장이 플랫폼의 모든 기차를 세워 증기를 뿜게 하고 일반인이 들어갈 수 없는 곳까지 모네의 출입을 허용해 총 11점의 작품을 제작할 수 있었다.

생라자르 역Gare Saint-Lazare은 모네 외에도 인상주의 화가들의 그림에 단골로 등장한다. 파리에는 몽파르나스 역Gare de Montparnasse

과 오스테리츠 역Gare d'Austerlitz, 리옹 역Gare de Lyon, 동역Gare de l'Est, 북역Gare du Nourd, 생라자르 역 등 총 여섯 개의 기차역이 있다. 이 중 생라자르 역은 파리와 파리의 서쪽 지방을 연결해준다. 파리 시민은 이 역을 통해 강과 바다, 들판으로 나들이를 떠났다. 생라자르 역은 파리 시민들에게 '일상의 휴식'을 배달하는 기차역이었던 것이다.

열정의 화가 카유보트의 〈대패질하는 사람들〉

32 전시실에서 두 번째로 만날 작품은 근대화된 파리 도시 풍경을 가장 많이 그린 화가, 귀스타브 카유보트Gustave Caillebotte, 1848-1894의 그림이다. 〈대패질하는 사람들〉은 그의 대표작 중 하나다. 밀레가 농민의 모습을 그린 반면 카유보트는 도시민이 일하는 모습을 매우 사실적으로 그렸다. 그는 변호사 시험에 합격했지만 법조인의 길을 접고 화가의 길을 선택했다. 26세의 나이에 에꼴 데 보자르에 합격하여 본격적으로 미술 공부를 시작할 정도로 미술에 대한 열정이 대단했다. 이 작품은 미술학교에 입학한 지 2년 만에 그린 초기 작품인데도 하나의 온전한 작품으로서 전혀 손색이 없어 보인다. 하지만 살롱에 출품해 '조악한 사실주의'라는 악평을 받고 낙선한다. 이후 평소 친분을 쌓아온 인상주의 화가들의 전시에 합류한다.

그는 부르주아 집안 출신으로 부모님의 유산을 상속 받아 경제적 어려움 없이 작업에 몰두했던 화가다. 인상주의가 인정받기 전부

귀스타브 카유보트 | **대패질하는 사람들** | 1875년 | 캔버스에 유채 | 102x146.5cm

터 가난한 인상주의 화가들의 작품을 사주며 경제적 지원을 아끼지 않았고, 드가와 함께 인상주의 전시를 기획하기도 했다. 45세 젊은 나이에 세상을 떠나면서 소장한 인상주의 작품들을 국가에 기증하겠다는 유서를 남겼지만, 인상주의에 대한 반감 때문에 국가에서 이를 거부했다고 한다. 공짜로 준다는데도 싫다니 기가 막힌다. 아무튼 후원자라는 이미지가 너무 강해 그의 작품이 제대로 평가받지 못했다며 오히려 현대에 와서 재조명되는 분위기다. 나도 그에 한 표를 보태고 싶다.

행복을 그리는 르누아르의 〈물랭 드 라 갈레트의 무도회〉

이어서 르누아르의 〈물랭 드 라 갈레트의 무도회〉로 가보자.

르누아르 전반기에서 가장 중요한 작품으로 꼽힌다. 제목을 살펴보면 '물랭Moulin'은 '풍차'라는 뜻이고 '갈레트Galette'는 팬케이크처럼 생긴 빵과자의 일종이다. 빵 만드는 풍차, 다시 말해 한국의 방앗간 같은 곳이다. 이 풍차는 파리에서 가장 높은 지대인 몽마르트 언덕에 있다. 어느 일요일 오후 방앗간 앞에서 춤추는 파리 시민들의 모습을 그린 것이다. 저 멀리 왼쪽에서 음악을 연주하는 오케스트라 덕분에 음악이 들리는 듯하다. 풍요롭게 내리쬐는 햇살이 여인들의 뽀얀 얼굴을 더 화사하게 만들고, 도시민들은 즐거운 한때를 보내고 있다.

르누아르의 그림에는 늘 '행복'이 묻어난다. 이 작품은 1877년 인상주의 화가들의 세 번째 전시회에서 공개되었다. 쏟아지는 비

피에르 오귀스트 르누아르 | **물랭 드 라 갈레트의 무도회** | 1876년 | 캔버스에 유채 | 131x175cm

난 속에서도 미술 비평가 조르주 리비에르는 “이것은 역사의 한 페이지이자, 파리 시민의 일상을 정확하게 표현한 고귀한 유물이다.”[5] 라고 칭송했다. 르누아르는 동료 화가들에 비해 빨리 인정받았다. 행복을 그린 화가라서 행복이 일찍 찾아온 것일까?

이 행복의 주인공들이 있는 장소에는 사실 파리 시민들의 아픈 기억이 있다. 그곳에 바로 파리코뮌의 지도부가 있었다. 파리코뮌은 프랑스가 독일과 싸운 보불전쟁에서 참패한 후 1871년 3월에 세워진 최초의 노동자 정권이다. 그들은 그해 5월 일주일간의 시가전 끝에 정부군에 의해 진압당하는데, 그 일주일 동안 너무나도 참혹한 일이 벌어져 ‘피의 일주일’이라 불린다. 무려 3만여 명의 파리 시민이 학살되었다.

그로부터 5년이 지나, 나쁜 기억을 모두 잊고 같은 장소에서 시민들이 즐거운 한때를 보내고 있으니 얼마나 다행인가. 어쩌면 파리코뮌 때 첩자로 오해를 받아서 적잖이 고생을 한 르누아르의 마음이 표현되었을지도 모르겠다.

르누아르는 같은 주제로 두 개의 그림을 그렸는데 그중 하나가 오르세에 있는 〈물랭 드 라 갈레트의 무도회〉다. 나머지 하나는 이 그림의 3분의 2 정도 크기에 비슷한 제목을 지닌 〈물랭 드 라 갈레트〉로 1990년 뉴욕 소더비 경매에서 일본인 기업가, 료에이 사이토가 7810만 달러에 낙찰받았다.[6] 르누아르의 작품 중 최고가다. 역사적으로나 경제적으로 르누아르에게는 최고의 작품이 아닐 수 없다.

움직임을 포착하는 날카로운 시선, 드가의 〈발레-스타〉

드가Edgar De Gas, 1834-1917 또한 도시민의 일상을 많이 그렸다. 그는 금융가 집안의 장남으로 태어나 많은 것을 누리며 살았지만 부르주아적 일상을 보내면서 발견한 시민들의 어두운 일상을 화폭에 담았다. 화려하게 꽃 피운 근대 파리 사회의 이면에 소외된 자들이 존재함을 발견하고, 그들의 가장 어려운 순간을 날카롭게 포착했다.

드가의 〈발레-스타〉는 마치 발레 영상을 보다가 정지 화면을 누른 것 같다. 그는 움직이는 장면을 포착하듯 정지 화면을 그리는데, 여기에는 수준 높은 데생력이 필요하다. 대부분의 인상주의 작품이 형태를 알아보기 어려운 반면 드가의 작품에서는 움직이는 장면인데도 불구하고 인체의 형태가 아주 정확히 표현되어 있다. 이런 작품을 데생하려면 포즈를 정확히 알아야 하기 때문에 발레 동작을 직접 익혔다고 한다. 실로 대단한 열정이다.

이 그림을 자세히 보면 무대 뒤편에 검은색 양복을 입은 남자가 살짝 보인다. 누구일까. 당시 무용수들은 집안 환경이 어려운 어린 소녀들이 대부분이었다. 그렇다 보니 후원한다는 명목하에 암암리에 매춘이 이루어졌다. 이 남자는 아마 그런 흑심을 품은 남자일지도 모른다.

드가는 부친이 돌아가시기 전까지 큰 부를 누리며 안정된 환경에서 작업했다. 파리 오페라 극장에 그의 전용석이 있을 정도였다. 이 구도는 전용석에서 내려다볼 때 꼭 맞는 각도다. 그는 오케스트라 단원을 친구로 둔 덕분에 댄스홀과 무대 뒤에 들어가 일반인

에드가 드가 | 발레-스타 | 1878년경 | 종이에 파스텔 58x42cm

에드가 드가 | 14세의 소녀 발레리나 | 1921–1931년 | 청동 직물 외 | 98x35.2x24.5cm

은 볼 수 없었던 장면을 포착할 수 있었다. 자본가와 하층민의 삶이 한 그림 안에 담겨 있는 셈이다.

드가는 원래 발레리나를 그릴 때 참고하려고 무용수를 조각하기도 했는데 말년에 시력을 거의 잃었을 때는 오히려 조각에만 몰두했다. 회화가 주를 이루는 5층의 전시 공간에서 이따금씩 만나는 드가의 조각 작품을 보며 잠시 눈을 쉬게해도 좋겠다. 눈을 감고 손의 감각으로만 조각상을 만들었을 드가의 모습을 상상해본다. 그중 가장 인상적이었던 작품은 방금 전 31 전시실에서 보았던 드가의 〈14세의 소녀 발레리나〉다. 진짜 가발을 붙이고, 실제 발레복을 입히고, 리본으로 머리카락을 묶어주었다. 사실적 표현에 비평가들이 크게 놀랐다고 한다.

피사로 〈목동〉에서 색의 아름다움을 느끼다

드가의 조각 전시실을 지나 '1880년 무렵의 인상주의'라고 이름 붙인 34 전시실로 향한다. 1880년은 인상주의 화가들의 다섯 번째 전시가 있던 해다. 그들이 1874년부터 1886년까지 12년간 총 8회의 전시를 개최했음을 감안하면 이 해는 인상주의가 가장 절정에 이른 시기라고 볼 수 있다. 이 공간에는 모네가 자신의 아내를 그린 작품과 로댕의 〈청동시대〉 조각상 등 중요한 작품들이 많다. 그 중 유독 나의 마음을 끄는 그림이 있다.

발길이 멈춘 곳은 카미유 피사로Jacob Abraham Camille Pissarro, 1830-1903가 그린 농민의 아이 〈목동〉 앞이다. 위에서 내리쬔 햇빛 아래 비스듬히 누워 있는 소녀의 얼굴에 그림자가 살짝 드리워 있다. 어정쩡한 듯 기대어 있는 목동의 모습이 어쩐지 지루해 보인다. 허공을 보는 듯한 어린 아이의 심상을 더없이 자연스럽게 표현했다. 내가 이 작품을 좋아하는 이유는 색깔 때문이다. 초록빛이 참 아름답다. 이 작품을 사진으로 접하는 이들에게 내 느낌을 고스란히 전할 수 있다면 좋으련만…. 직접 눈으로 확인하라는 말밖에 할 수 없다.

도록으로 그림을 보는 것과 실제로 직접 보는 것과는 큰 차이가

카미유 피사로 | **목동** | 1881년 | 캔버스에 유화 | 81x64.7cm

카미유 피사로 | 서리 내린 밭에 불을 지피는 젊은 농부 | 1888년 | 캔버스에 유채 | 93x92.5cm

있다. 미술관에 직접 가서 봐야 하는 이유다. 특히 인상주의 작품은 마티에르(질감)가 느껴지기 때문에 직접 봐야 그 감동을 제대로 느낄 수 있다. 인상주의 그림이 많은 오르세 미술관에 사람이 북적이는 이유이기도 하다.

피사로는 코로를 스승으로 생각했다. 하지만 피사로의 후반 작품은 코로와 다른 경향을 띤다. 인상주의 화가들이 모이기 전부터 피사로는 빛에 의해 반사되는 자연의 풍경을 관찰하고 그 표현 기법을 심층적으로 연구해왔다. 그는 여덟 번의 인상주의 전시에 모두 참여했음에도 후반기 작품에서는 인상주의와는 다른 큰 변화를 보인다. 〈목동〉과 7년이 지나 제작한 〈서리 내린 밭에 불을 지피는 젊은 농부〉를 비교해보자. 붓 터치가 훨씬 작고 표현이 섬세해졌다. 이런 표현 기법은 이후 나타나는 신인상주의 화가들에게 큰 영향을 준다. 조금 후에 2층으로 내려가서 신인상주의 작품들을 보면 그들이 왜 피사로에게 경의를 표했는지 납득이 갈 것이다.

폴 세잔 〈사과와 오렌지〉, 〈카드놀이 하는 사람〉

목가적 풍경화들을 지나 36 전시실로 이동한다. '20세기의 근원'이라는 이름 아래 모네와 세잔의 1900년 이후 작품들을 걸어놓았다. 5층의 첫 전시실 못지않게 중요한 공간이다. 〈수련〉을 비롯한 모네의 연작과 세잔의 주요 작품들이 전시되어 있다.

폴 세잔Paul Cézanne, 1839-1906의 〈사과와 오렌지〉를 보니 화실에서 처음 그림을 배울 때가 생각난다. 수채화를 배울 때 처음 그리는 것이 사과다. 단순한 구의 형태를 가졌지만 그 하나에서 명암과 색채, 빛과 그림자의 형태를 다각도에서 관찰하고 표현할 수 있다. 그다음에 원기둥 형태의 병과 원뿔 형태의 주전자를 그리고, 이 모두를 조화롭게 배치하여 하나의 정물화를 완성한다.

세잔의 정물화는 미술을 처음 배우는 학생들의 교본으로 쓰면 딱 좋을 것 같다. 그래서 세잔을 근대 회화의 아버지라고 하는걸까.

폴 세잔 | **사과와 오렌지** | 1899년경 | 캔버스에 유채 | 74x93cm

폴 세잔 | **카드놀이 하는 사람들** | 1890-1895년 | 캔버스에 유채 | 47.5x57cm

〈사과와 오렌지〉는 1899년 파리에서 그린 여섯 점의 정물화 중 하나다. 세잔의 정물화는 보다 오래 관찰해볼 필요가 있다. 얼핏 정물을 너저분하게 늘어놓은 듯이 보이지만 계속 바라보고 있으면 각 정물이 그 자리에 있는 이유가 하나하나 눈에 들어온다. 왼쪽의 사과 접시는 약간 위에서 내려다본 시점이고 위에 있는 사과 접시는 약간 측면에서 바라보는 시점으로 그렸다. 그마저 살짝 삐딱하게 놓여 있다.

테이블보 위 가장 중앙에 무심히 놓인 사과는 그림의 중심을 잡아주고 오른쪽 상단에는 물병이 무게를 더한다. 아래로 축 늘어진 천 또한 양쪽 무게의 균형을 맞추는 데 도움을 준다. 마치 '균형이란 무엇인가'를 보여주는 듯하다.

산만해 보이지만, 사실 일부러 산만하게 보이게 하는 데는 철저한 계산이 필요하다. 앞서 언급한 다큐드라마 〈인상주의 화가들〉에서 세잔은 테이블 위에 과일을 이쪽에 놓았다 저쪽에 놓았다를 반복하며 구도를 잡는 데 엄청난 공을 들인다. 이러한 고뇌 끝에 탄생한 정물화가 바로 이 작품이다.

세잔의 또 다른 작품 〈카드놀이 하는 사람〉으로 가보자. 이 작품은 가운데 놓인 술병을 중심으로 캔버스를 반으로 접어 데칼코마니를 한 것마냥 좌우 대칭을 이룬다. 그림을 보면서 혼자만의 상상에 잠긴다. 둘 중 누가 이길까? 숨은 그림 찾기를 하듯, 수수께끼를 풀 듯 그림을 분석해본다. 왼쪽 남자가 이길 것 같다. 의자와 테이블이 그에게 기울어져 있고, 뒷배경의 분할선을 보면 그가 차지한 공간이 더 많다. 오른쪽 남자는 고개를 살짝 숙이고 있는데 몸의 일부분은 보이지 않는다. 테이블보 왼쪽은 가지런히 내려앉고 오른쪽은 살짝 들려 있다. 왼쪽 남자의 모자챙은 아래로, 오른쪽 남자의 것은 위로, 심지어 주머니의 위치까지도, 찾을수록 대립되는 요소들이 눈에 띈다. 이러한 구상을 꼼꼼히 살펴보니 사소하고 작은 부분까지도 계산하고 고려했을 세잔의 설계가 새삼 위대하게 느껴진다.

그는 1890년대에 같은 테마로 다섯 점을 그렸다. 이것은 그중 제일 마지막에 그린 작품으로 가장 작고 단순하다. 다른 세 점은 각각 뉴욕 메트로폴리탄 미술관과 런던 코톨드 미술관, 필라델피아 반스재단 미술관에 있다.

개인(그리스의 선박왕인 게오르게 엠비리코스)이 소유했던 나머지 한 점은 2011년에 카타르 왕족에게 세계 최고가인 2억 5,000만 달러에 팔렸다고 한다. 개인끼리 이뤄진 거래였으니 실제 거래가격과 다소 차이가 날 수 있지만 달러 환율을 1,000원으로 가정해도 2,500억 원이 넘는 액수다.[7]

살롱전에 오랜 기간 거부당한 세잔은 인상주의전 제1회와 제3회에 딱 두 번 참여한 후 인상주의와 결별하고 독자적인 화법을 추구하며 상당히 늦게 인정받은 화가다. 1890년대 들어 유명세를 타기 시작해 1895년 파리의 한 갤러리에서 작품 100여 점에 달하는 전시회를 열었다. 그의 일생을 통들어 딱 한 번 열린 개인전이었으니 '양보다 질' 그 자체였다.

세잔 자신이 세계에서 가장 비싼 그림을 그린 사람이라는 사실을 알게 된다면 까칠한 성격에도 불구하고 회심의 미소를 짓지 않을까?

5층에서 2층으로 내려오며

37 전시실을 나와 카페 캄파나Campana를 지난다. 브라질 출신의 유명 디자이너 '캄파나 형제'가 설계한 아르누보 양식의 카페다. 번쩍번쩍 빛나는 황금색 조명이 눈길을 끈다. 커피나 간단한 식사를 하면서 왁자지껄 떠드는 여행자들의 모습이 흥겹다. 왼쪽으로 돌아서 아래층 진시장 쪽으로 시선을 돌리니 미술관 가운데가 뻥 뚫려 있고 조각 테라스가 양쪽으로 펼쳐진다. 기차역이었다는 사실을 몰랐다면 원래 미술관으로 설계되었다고 감쪽같이 속을 뻔했다. 2층으로 내려와 1900년에 개점한 오르세 호텔 레스토랑을 지난다. 왠지 저녁 식사가 더 잘 어울릴 것 같은 분위기다.

캄파나 카페와 오르세 호텔 레스토랑.

미완성으로 남은 유작, 쇠라 〈서커스〉

고흐와 고갱 작품에 취해 72-70 전시실에서 한참을 머무르다가 69 전시실에 왔다.

조르주 쇠라Georges Pierre Seurat, 1859-1891의 마지막 작품 〈서커스〉에 다가선다. 파리시민들이 당시 인기가 높았던 페르낭도 서커스를 관람하고 있다. 맨 앞 비싼 좌석에 앉아 여유롭게 서커스를 감상하는 부르주아의 모습이 멀리 뒷줄에 선채 가까스로 구경하는 노동자들의 모습과 대조적이다. 관람객의 단순한 배치에 변화를 주고자 곡마사를 사선으로 배치하고, 가까이 있는 인물과 멀리 있는 인물의 크기에 큰 차이를 두어 원근감을 주려 했다.

이 작품에서 제일 눈에 띄는 것은 독특한 표현 기법이다. 어린 시절 한 번쯤 사인펜으로 점을 찍어 그림을 그려본 기억이 있을 것이다. 그것을 점묘법이라 하는데 신인상주의 화가들은 점묘법을 좀 더 과학적이고 수학적으로 연구하여 '분할주의(디비조니즘Divisionnisme, 색채론과 과학성을 중시하고 인상주의에서 흐트러진 형태와 구도를 바로잡고자 했다)'라고 이름 붙였다.

웬만한 남자 키보다 큰 이 그림을 그리는 데 약 2년이 걸렸다고 한다. 인내와 끈기로 그렸지만 미완성작으로 간주된다. 그리는 사람도 그러했겠지만 보는 나도 얼마간 답답함이 밀려온다. 인내의 시간에 비해 그 짧았던 생애를 생각하니 더 안타깝다.

신인상주의는 선두주자였던 쇠라가 32세의 젊은 나이에 사망하고, 기법이 지나치게 이론적인 한계에 부딪쳐 길게 가지 못했다. 화가가 죽으면 무조건 그림 값이 오른다고 생각하는 이들이 있는

조르주 쇠라 | **서커스** | 1890–1891년 | 캔버스에 유채 | 185.5x152.5cm

앙리 드 툴루즈-로트렉 | 춤추는 잔 아브릴 | 1892년 | 마분지에 유채 | 85,5x45cm

데 그 경우 화가가 생전에 활발한 작품 활동을 통해 작품성을 인정 받았을 때에 해당한다. 죽는다고 다 유명해지는 건 아니다. 하지만 쇠라는 짧은 작품 활동 기간에도 하나의 새로운 화풍을 체계화하여 미술사에 길이 이름을 남기게 되었으니, 이 얼마나 값진 일인가.

테라스 전시관에서 로댕 작품을 감상한 후 1층으로 내려와 오페라 가르니에 모형을 지나 릴 갤러리로 향한다. 10 전시실에서 카바레의 무희를 자주 그린 툴루즈 로트렉의 작품과 3 전시실의 카바넬의 〈비너스의 탄생〉을 마지막으로 오르세를 떠난다.

6대륙의 여신상 그리고 센 강

거대한 루브르가 전리품 논란으로 상처 입은 명성을 가진 곳이라면, 오르세는 온전히 프랑스적인 미술관으로 프랑스를 대표한다고 자신있게 말할 수 있다. 처음에는 익숙한 그림이 많아서 내가 오르세를 좋아하는 줄 알았다. 아니었다. 오르세 미술관 곳곳에서 발견할 수 있는 우리 보통 사람들의 삶, 그런 고달픔에 대한 공감이 나를 오르세로 거듭 이끈 건 아니었을까.

미술관에서 나오자 학생들이 조각상 앞에서 기념 촬영을 하고 있다. 큰 배낭을 메고 있는 걸 보니 지방에서 수학여행을 온 모양이다. 그들이 카메라에 담은 여신 조각상들은 세계 여섯 개 대륙을 상징한다. 1878년 만국박람회를 기념하여 세워진 후 지금까지 오르세를 지키고 있다. 관람 후 여운이 남아 그냥 돌아서기에 아쉬운 이들이 어슬렁거리기에 딱 좋은 공간이다.

오늘 저녁, 유학 시절부터 알고 지낸 20년지기 프랑스 친구 오드레Audrey를 만나기로 했다. 나를 데리러 숙소로 오겠다는 그녀를 생각하니, 학생 때 가끔 초대 받았던 프랑스식 저녁 만찬이 떠오른다. 오랜만에 파리에 왔으니 그리 좋아하는 음식은 아니지만 푸아그라를 먹어볼까. 오드레가 멋진 식당을 예약한다고 했는데 그녀와의 만남이 무척 기대된다. 얼른 숙소로 가야겠다.

오르세 미술관 앞 6대륙의 여신상.

레스토랑 앞에서 일상적 풍경을 감상하며
오르세 미술관의 여운을 조용히 음미해본다.

ORANGERIE
Orangerie

오랑주리 미술관

Musée de l'orangerie

온실의
아늑함을 간직한
수련의 방

솔페리노 보행자 다리Passerelle Solférino를 따라 센 강을 건너 다시 튈르리 공원에 왔다. 오른편에 통유리 창이 있는 건물이 보인다. 건물 앞에는 로댕의 조각품들이 관람객을 맞이한다. 대형미술관을 돌아보다가 오랑주리 미술관에 오니 아늑한 집에 온 듯 편안하다. 오래 기다리지 않아도 입장할 수 있어 더 좋은지도.

오랑주리, 온실에서 미술관으로

오랑주리 미술관은 이름에서 풍기듯 원래는 오렌지나무를 키우던 온실이었다. 파리코뮌 때 불타버린 튈르리 궁의 두 개 별채 중 하나로, 다른 하나는 북쪽에 세워진 쥐 드 폼 국립갤러리다. 남쪽은 햇빛이 잘 들도록 큰 유리창으로 마감하고, 북쪽은 석조 건축

미술관 옆 로댕의 조각상.

을 했다. 한동안 군사용 창고나 산업전시회를 여는 등 다목적 공간으로 쓰다가 1921년 근대 회화 작품들을 전시하는 용도로 변경되고 1927년에 미술관으로 개관했다. 온실의 변신치고는 정말 근사하다.

수련, 모네의 유작

먼저 수련을 만나러 간다. 수련 전시실로 이어진 다리를 보니 언뜻 모네의 집에 있는 일본식 다리가 떠오른다. 수련이 있는 원형 전시실 벽은 자연광이 잘 들어오는 하얀색으로 칠해져 있다. 모네가 직접 구상하고 건축가 카미유 르페브르가 이를 그대로 재현했다.

모네는 제1차 세계대전의 종언을 축하하기 위해 이 대형 〈수련〉 벽화를 이곳에 기증했다. 현재 두 개의 타원형 공간에 여덟 점의 대작이 전시되어 있다.

수련 벽화가 있는 원형 전시실.

클로드 모네 | **수련 : 녹색 반사** | 1914–1918년 | 캔버스에 유채 | 197x847cm

타원형 전시실 가운데 놓인 의자에 앉아 온통 수련으로 둘러 싸여 있노라니 어디선가 모네가 붓을 들고 튀어나올 것만 같다. 매료되지 않을 수 없고, 중독되지 않을 수 없는 수련의 방이다.

천장에서 내리쬐는 자연광은 모네가 이 작품을 그린 날에도 변함없이 비추고 있었을까? 평생 빛을 따라다닌 모네가 자신의 작품도 빛과 함께 눈부시라는 바람을 담아 이런 공간을 의뢰한 것만 같다. 앞서 언급한 것처럼, 작품은 전시 공간에 걸리는 순간 완성된다. 전시 공간과 상태는 작품만큼이나 중요하다. 이 공간을 통해 그 중요성을 더 실감한다.

하지만 모네는 〈수련〉이 놓일 완벽한 공간을 마련해놓고도 개관

1년 전 사망해 이 모습을 보지 못했다. 참 안타까운 일이다.

모네는 여덟 번의 인상주의 전시회 중 겨우 다섯 번 참가했지만 평생을 온전히 인상주의 화가로 살았다. 백내장으로 인해 시력이 나빠진 상황에서도 마지막 순간까지 이 작품에 전념했다. 노년의 나이에 이렇게 큰 작품을 그리기에는 체력적으로도 많이 힘들었을텐데 시력까지 나빠진 상태였다니 얼마나 힘들었을지 가늠하기 어렵다. 고통과 함께 캔버스에 마지막 열정을 불태우는 화가 모네의 모습이 그려진다.

르누아르의 재발견

수련의 방에서 나와 계단을 걸어 아래층으로 내려간다. 화상 폴 기욤Paul Guillaume, 1891-1934과 후에 그의 부인과 재혼한 장 발테르의 소장품으로 구성된 발테르-기욤 컬렉션이 있는 공간이다. 총 140여 점의 기증품을 한데 모아놓았다. 이곳을 찾는 이들의 90퍼센트는 아마도 모네의 수련을 보고자 했을 것이다.

하지만 예상치 못한 기쁨과 마주한다. 작가별로 공간이 나뉘어 있고, 그 공간의 벽을 작가의 작품을 가장 돋보이게 하는 색으로 꾸몄다. 그래서 더 눈과 마음이 즐겁다.

1층은 인상주의 대표 화가인 모네의 위엄을 받들고, 지하층은 그와 동시대를 풍미했던 인상파와 후기인상주의 화가들의 그림으로 채웠다. 특히 르누아르의 작품에 눈길이 간다.

미술관 외관과는 달리 실내가 상당히 현대적이다. 일부 작품이 외부에 대여되었는지 한쪽 벽이 비어 있다. '인기쟁이'를 만나는 것은 사람이든 미술 작품이든 쉽지 않다.

위_ 수련 전시실로 들어가는 입구와 아랫층으로 가는 계단.
아래_ 아래층 전시 풍경. 벽에 칠해진 색이 인상적이다.

Musée
Marmottan
Monet
18 septembre
2014
18 janvier
2015
IMPRESSION

마르모탕 모네 미술관

Musée Marmottan

여유로운 초록길 끝의 일출의 시간

파리 서남쪽에 위치한 16구에 왔다. 파리지앵들이 즐겨 찾는 도시 속의 숲, 불로뉴 숲을 자신의 정원처럼 이용할 수 있는 동네다. 미술관이 모여 있는 시내 중심가에서 떨어진 곳이라 올까 말까 망설였는데 오는 길이 재미있어서 후회되지 않는다. 라 뮤에트La Muette 역이 너무도 고풍스러워 한참을 돌아보다 나왔다. 그리고 널찍한 산책로를 한참 걸어왔다. 그림 한 점 보러 가는 길이 쉽지 않다. 공원 쪽에서 주소지를 바라보니 커다란 〈해돋이〉 현수막이 저택에 걸려 있다. 길을 잘 찾아왔나 보다. 발걸음이 가벼워진다.

사냥별장에서 모네의 미술관으로

이 저택은 프랑수아 크리스토프 켈레르만 공작이 불로뉴 숲에서

역에서 내려 산책로를 따라 걷다보면 모네의 해돋이 현수막이 걸린 마르모탕 모네 미술관에 도착한다.

산책하기 좋은
미술관 근처 공원.

사냥할 때 사용하던 별장이었다. 미술사학자이자 수집가였던 그의 아들 폴 마르모탕Paul Marmottan이 자신의 소장품과 아버지로부터 물려받은 이 저택을 보자르Académie des Beaux-Arts에 유증해 1934년 마르모탕 미술관musée Marmottan이 개관되었다. 1966년 모네의 둘째 아들 미셸이 마르모탕 미술관을 위해 아버지로부터 물려받은 작품을 보자르에 기증해 클로드 모네의 가장 중요한 작품들을 소장하게 되었다. 이후 1990년 마르모탕 모네 미술관으로 명칭을 바꾸었다.

모네의 〈해돋이〉, 인상주의의 시작을 알리다

미술관으로 들어가 제일 먼저 찾은 것은 모네의 〈해돋이〉다. 물감을 흘려놓은 듯도 하고 칠하다 만 것 같기도 하고 혹시 물감이 모자

클로드 모네 | **인상, 해돋이** | 1872년 | 캔버스에 유채 | 48x63cm

랐나 싶기도…. 전시장 벽에 걸리지 않았다면 미완성이라 생각하고도 남을 만하다. 당시 미술평론가들의 부정적인 반응이 이해된다.

1874년 4월 25일 인상주의 화가들의 첫 전시가 있던 날, 비평가 루이 르루와는 모네의 〈해돋이〉를 보고 잡지 《르 샤리바리Le Charivari》에 조롱 섞인 의미로 '인상Impression'이라는 표현을 써서 인상주의라는 이름이 생겨났다. 정확하게 '해돋이다'가 아니라, '해돋이 같은 인상이다'라는 의미다. '묘사가 정확하지 않고 잘 그린 그림도 아니'라고. 하지만 이 무명 화가들은 그들의 세 번째 전시에서 스스로 '인상주의자들의 표현Expression des Impressionistes'이라는 제목으로 전시를 열며 자타공인 인상주의 화가가 된다. 이 그림은 인상주의라는 이름을 탄생시킨 역사적인 작품이다.

이곳은 〈해돋이〉 외에도 좋은 작품들이 오밀조밀 모여 있다. 그중 인상주의의 여성 화가 모리조의 작품은 80여 점이나 소장하고 있으니 여유가 된다면 그녀의 풍경화도 눈여겨보자. 이 화가가 그림을 이리도 잘 그렸었나 싶을 정도로 나에게는 새로운 발견이었다.

루브르 미술관에서 출발해 오르세 미술관을 거쳐 오랑주리 미술관과 마르모탕 모네 미술관에 이르기까지, 지금까지 둘러본 4곳의 미술관은 그 자체가 프랑스의 역사이며 문화의 상징이다. 시대의 흐름에 따라 미술의 역사는 끊임없이 변화를 거듭해왔지만 역대 왕들을 비롯해 프랑스인들이 보여준 미술에 대한 끊임없는 노력과 애정은 한결같다.

이제 나와 같은 직업을 가진 화가 6명과의 만남을 앞두고 있다.

모로
Paris
로댕
들라크루아
지베르니
오베르-쉬르-우아즈
Ile-de-France

2부

영혼의 미술관

화가의 삶을 따라

들라크루아 미술관
모네의 집
고흐의 집
로댕 미술관
귀스타브 모로 미술관

들라크루아 미술관

Musée Eugène Delacroix

예술가의 존경을 받은 진정한 예술가

Eugène Delacroix
1798-1863

영화 〈비포 선셋〉에서 주인공 남녀가 재회한 셰익스피어 앤드 컴퍼니Shakespeare & Company 서점을 둘러보다가 그 뒤편 먹자골목의 모로코 식당에서 쿠스쿠스couscous(채소, 닭고기, 양고기 등으로 만든 스튜를 곁들인 좁쌀 모양의 파스타 요리)를 먹었다. 하숙집 할머니가 해주던 그 맛은 아니지만 사장님의 넉넉한 인심에 기분 좋은 점심 식사를 마치고 버스에 오른다.

몇 정거장을 지나 생제르맹 데 프레 지구로 버스가 진입하는 순간 서둘러 하차 벨을 누른다. 버스를 잘못 타서도, 목적지에 도착해서도 아니다. 그저 산책하기 좋은 날씨. 버스로 휙 지나치기에는 너무 아까운 곳이다. 없던 물욕도 생기게 하는 곳. 마음속 깊이 꾹꾹 눌러 담은 내 안의 물질적 욕망이 꿈틀댄다. 이 비싼 땅에 집을 하나 사서 살고 싶다. 그게 어렵다면 방 한 칸이라도 빌려 장기 투숙하며 이웃인양 살아보고 싶다. 미술관도 가깝고, 아침에 센 강변

부담 없이 식사할 수 있는 먹자골목을 따라가다.

에서 조깅하기도 좋다. 무엇보다 이 동네에는 여기에 와야만 비로소 발견할 수 있는 예쁘고 우아하고 세련된 상점들이 구석구석 참 많다. 그게 서점이든, 갤러리이든, 천 가게이든, 옷가게이든 하나같이 개성 있어 쇼윈도 너머 상점 안을 구경하는 재미가 가득하다.

생제르맹 데 프레Saint-Germain-des-Prés 역에 오니 맞은편에 교회가 하나 보인다. 파리에서 가장 오래된 생제르맹 데 프레 교회다. 프랑스혁명 때 화약고와 감옥으로 사용되었고 그때 일부가 파괴되는 아픔을 겪었다. 파리 시민의 역사가 함께한 곳이다. 교회를 끼고 반 바퀴 돌아 도착한 광장에 오동나무 네 그루가 서 있다. 나는

퓌텐베르 광장에서 바라본 미술관 입구.

앙리 팡탱 라투르 | **들라크루아에게 보내는 경의** | 1864년 | 캔버스에 유채 | 160x250cm | 오르세 미술관

들라크루아의 흉상이 가장 먼저 관람객을 맞는다.

퓌텐베르Furstenberg 길 6번지를 찾아가는 중이다. 주소를 보면 여기가 맞는데 미술관치고는 너무 평범해서 한 번 그냥 지나쳤다가 다시 돌아왔다. '들라크루아 미술관'이라고 적힌 포스터 옆 커다란 양문에 고개를 기웃거려보니 안쪽에 미술관 입구가 보인다. 겨우 찾았다. 방심하면 지나치기 쉽다.

들라크루아는 누구인가?

문으로 들어가자마자 가파른 계단이 나온다. 계단 끝 적색 벽에 걸린 들라크루아의 흉상이 위엄 있게 관람객을 내려다본다.

그는 누구인가. 루브르 미술관에서 본 〈민중을 이끄는 자유의 여신〉과 〈사르다나팔로스의 죽음〉을 그린 화가다. 들라크루아는 외교관의 아들로 태어났는데 어려서 아버지를 잃고 16세에 어머니마저 세상을 뜨자 외롭고 고단한 생활을 해왔다. 비록 상류층 부르주아 집안에서 태어났지만 부모님을 일찍 여의고 경제적으로도 힘든 생활을 한 탓인지 다소 우울하고 감성적인 성향을 띄었다. 주로 단테나 셰익스피어의 문학작품에서 영감을 받아 그림을 그렸고, 다시 빅토르 위고나 발자크 같은 문학가에게 영감을 주었다.

그의 강렬한 채색법은 인상파화가에게도 큰 영향을 미친다. 특히 〈사르다나팔로스의 죽음〉에서 보여준 화려한 색감은 다른 낭만주의 화가들과는 분명히 달랐다. 그는 색을 중시한 인상주의자들의 영웅이었다. 모네와 바지유는 옆 건물에서 자신의 아틀리에를 오가는 들라크루아의 그림자를 창문 너머로 엿보았고, 마네는 들라크루아의 작품 〈단테의 배〉를 모사하고자 그에게 허락을 구하기도 했다. 앙리 팡탱 라투르Fantin-Latour는 들라크루아가 사망한 이듬해, 그의 초상화를 중심으로 그를 숭상한 예술가와 문인들을 모아놓고 〈들라크루아에게 보내는 경의〉를 그려 존경을 표했다. 보들레르는 들라크루아의 집 앞 아담한 퓌텐베르 광장에 앉아 행여나 마주칠까 싶어 그가 나오기를 오매불망 기다렸다고 한다. 명성이 어느 정도였는지 짐작이 간다.

은근히 해가 드는 화가의 집이 미술관으로

들라크루아는 1847년부터 진행된 생쉴피스 성당 예배당 벽화를 작업하던 중 건강이 나빠져 노트르 담 드 로레뜨 길rue Notre-Dame-de-Lorette에 있던 큰 아틀리에를 떠나 1857년 이곳으로 이사했다. 아담한 정원이 있는 데다 집주인으로부터 작업실을 만들어도 좋다는 허락을 받았기 때문이다. 답답한 것을 싫어하던 그에게는 최적의 장소였다. 문학에도 소질이 많아 책으로도 출간된 그의 일기에는 이런 글귀가 있다.

> "나의 집은 정말 아름답다…. 창문 맞은편에 있는 집들 위로 가장 우아한 태양을 보면서 잠에서 깬다. 나의 작은 정원 풍경과 아틀리에의 미소 짓는 광경은 언제나 나에게 기쁨을 준다."

외젠 들라크루아 | **사르다나팔로스의 죽음** | 1827년 | 캔버스에 유채 | 392x496cm | 루브르 미술관

들라크루아가 살던 집이 어떻게 미술관이 되었을까. 그가 사망한 후 여러 세입자들을 거치면서 집 이곳저곳이 훼손되자 그를 기리던 사람들이 모여 1929년 외젠 들라크루아 협회La Sociétédes Amis d'Eugène Delacroix를 설립한다. 화가 모리스 드니를 필두로 폴 시냐크, 역사가, 미술 애호가 등이 참여해 만든 이 협회는 1932년부터 들라크루아의 작품을 알리기 위해 이 집에서 전시와 콘서트, 강연을 연다.

이후 건물주가 사망하고 건물이 매물로 나오자 1952년 협회의 소장품을 국립미술관에 넘겨주고 받은 수익금으로 집과 아틀리에를 사들였다. 그리고 2년 뒤 미술관으로 만든다는 조건하에 이를 국가에 기증했다. 약속대로 1971년 국립미술관이 된 들라크루아의 집은 2004년 루브르 미술관에 편입된다. 루브르 미술관 입장권으로도 당일에 한해 입장이 가능한 이유다.

가파른 계단을 올라 도착한 2층에는 들라크루아가 쓰던 침실과 거실, 서재가 있다. 아틀리에는 정원 쪽 별채에 있다. 들라크루아 미술관에서는 유화와 데생, 1832년 모로코 여행 때 수집한 유물, 파스텔화, 석판화, 삽화, 자필 편지, 사진, 사용하던 연필과 노트, 팔레트, 이젤 등 그의 손때가 묻은 미술 도구와 유품을 가까이서 볼 수 있다. 매달 다른 작품으로 바꿔가며 상설전을 열고, 해마다 들라크루아의 창작물과 관련된 기획전이 열린다.

하지만 들라크루아의 대표 작품들을 보려면 루브르 미술관에서 보는 편이 낫다. 이곳은 그의 사적 공간을 엿보고 싶은 사람에게 추천한다.

집 내부에는 들라크루아가 쓰던 미술 도구가 전시되어 있다.

아틀리에 내 숨은 들라크루아의 숨결을 느끼며

별채로 가는 계단을 따라 내려가니 아틀리에가 보인다. 사실 들라크루아의 그림은 너무 격정적이라 그리 좋아하지 않았지만, 아틀리에는 궁금해서 그냥 지나칠 수 없었다. 물론 아틀리에는 작품 전시실로 사용되고 있어 당시 분위기를 느끼기 어렵다. 하지만 공간 자체를 보는 것만으로도 내게는 의미가 있다.

민트색 문을 열고 들어가니 조그만 방에 아까 계단에서 본 〈로미오와 줄리엣〉 그림과 자그마한 작품들이 걸려 있다. 그의 작품 스케일만큼 큰 아틀리에는 아니지만 천정이 높아 대형 작품을 그리기에 좋았으리라 짐작된다. 적색 벽에 회화 몇 점이 걸려 있고 한쪽 모퉁이에 그가 사용하던 대형 이젤이 놓여 있다. 이젤, 이거 엄청나게 크다. 정말 탐나는 이젤이지만 공짜로 준다 해도 가져가기는 불가능할 정도다.

낭만이 스며든 비밀 정원

아틀리에를 나와 정원으로 내려간다. 낭만파 화가의 정원답게 아기자기하고 로맨틱하다. 화려하지는 않지만 파리 시내 한복판에 이런 정원을 가질 수 있다는 것은 정말 큰 행운임에 틀림없다. 나는 평소 색 조합과 대비에 영감을 주는 스승이 자연이라고 생각해 왔는데 그 역시 자신의 정원에서 식물들이 빚어내는 색의 조화를 보며 색을 연구하지 않았을까.

적색 벽이 인상적인 아틀리에 내부에는
들라크루아의 그림과 대형 이젤이 있다.

문학작품 속 허구와 이국의 세계를 즐겨 그리던 그가 홀로 앉아 사색에 잠겼을 비밀의 공간. 로댕 미술관의 그것과 비교도 안될 만큼 아담한 크기지만, 그래서 더 좋아하는 사람이 많다.

정원의 첫 번째 보수공사는 1999년에 이루어졌다. 그가 남긴 금전출납부에는 1857년 11월 26일자 정원 관련 청구서 내역이 있다. 정원은 이를 토대로 만들어졌을 것이다. 청구서에는 어떤 나무를 심고, 어떤 꽃을 가꿀지는 적혀 있었지만 구조나 크로키 같은 구체적인 조경도는 묘사되어 있지 않아, 현대식으로 재건되었다.

그리고 2012년 일본인 기노시타의 후원으로 튈르리 공원의 조경사였던 피에르 보노르가 정원을 한 번 더 다듬었다. 그는 들라크루아의 글을 통해 그가 가꾼 정원의 분위기에 다가가고자 했다.

들라크루아가 좋아했던 낭만적이면서도 알록달록 오색의 화려한 정원을 느끼고 싶다면, 봄이나 여름에 방문하기를 권한다.

이 정원은 비밀 정원이라 불린다. 밖에서는 보이지 않아서다. 파리의 전형적인 아파트는 한국의 상가주택처럼 길가 쪽에 건물이 있고 입구를 통과하면 안뜰을 어렵지 않게 볼 수 있다. 모양은 한국의 중정 같은 분위기지만 옆집 건물과 내 집 건물 사이에 자연스럽게 생기는 안뜰이라는 점에서 다르다.

정말이지 나도 이런 비밀 정원을 갖고 싶다. 홀로 사색에 잠길 수 있는 나만의 작은 공간. 나 혼자만의 하늘을 갖는 것과 같다.

봄 전경이 기대되는 비밀 정원.

예술가의 살롱, 레 되 마고와 카페 드 플로르

정원 벤치에 앉아 책이라도 읽고 싶지만 그러기엔 관람객이 좀 많다. 문득 가고 싶은 곳이 생각나 미술관을 나선다.

이 근처에는 유명한 카페가 몇 개 있다. 두 개의 중국 도자기 인형 때문에 이름 붙여진 레 되 마고Les Deux Magots 카페는 1885년 개장 이래 수많은 문인과 예술가, 철학자, 지식인, 정치인 등이 모여 철학과 문학, 예술을 논하던 장소였다. 피카소와 헤밍웨이, 생떽쥐베리가 즐겨 찾던 바로 그 카페다. 1887년에 생긴 카페 드 플로르Cafe de flore도 까뮈, 미테랑 대통령, 사르트르와 연인 시몬느 드 보부아르가 자주 찾던 곳이다.

프랑스의 카페는 지식인들이 모여 신문이나 책을 읽고 문학과 예술, 그리고 철학을 얘기하는 토론의 장이었다. 예전 귀족들의 사교 모임 장소였던 살롱의 역할을 카페가 이어간 것이다. 커피 한 잔 놓고 앉아 있으니 나 또한 그들 틈에 끼여 한자리한 것 같은 기분 좋은 착각에 빠진다.

카페 드 플로르와 레 되 마고 카페.

모네의 집

Maison de Claud Monet

아름다운 정원이
드러내는
수련 연못의 흔적

Claude Monet
1840-1926

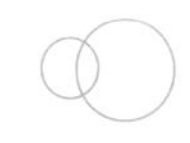

모네를 만나러 가는 길, 그가 즐겨 그렸던 생라자르 역에서 출발한다. 기차역 어디선가 들려오는 피아노 선율. 기차표를 손에 쥔 채 음악 소리를 쫓아 발걸음을 옮긴다. 구름다리처럼 생긴 연결 공간에서 긴 머리 소녀가 피아노를 연주하고 있다. 프랑스에는 기차역이나 공항 같은 공공장소에 누구나 연주할 수 있는 피아노가 놓여 있다. 바삐 이동하던 행인과 기차를 기다리던 여행객 모두가 낯선 이의 음악 선물을 여유롭게 즐긴다. 평일 기차 시간에 맞춰 역에 도착한 나는 혼잡한 역내 풍경을 보고 나서야 오늘이 주말임을 뒤늦게 깨닫고 잠시 혼란에 빠진다. 하지만 그녀의 연주 덕에 곧 평상심을 찾는다.

파리 외곽에 나갈 때는 되도록 주말은 피하는 것이 좋다. 주말엔 현지인들이 많이 움직여 복잡한 데다 금요일 저녁부터 월요일 오전까지는 평일보다 기차 요금이 더 비쌀 때도 있다.

생라자르 역에서 한 소녀가 피아노를 연주하고 있다.

모네의 집은 대부분의 파리 미술관이 문을 닫는 월요일이나 화요일에 갈 것을 추천한다.

베르농을 거쳐 지베르니로

파리에서 서북쪽으로 80여 킬로미터 떨어진 베르농Vernon으로 향하는 기차 안. 여유롭게 바깥 풍경을 감상하고픈 나의 바람은 아랑곳 않고 기차가 꼬리를 내빼듯 질주한다. 유학 시절에는 친구 차를 타고 놀러간 적이 있는데, 가는 도중 예쁜 곳마다 차를 세워 풍경을 즐기고 사진을 찍을 수 있었다. 프랑스는 농지와 녹지가 많고

국도가 복잡하지 않아 드라이브를 즐기기에 아주 좋다. 기회가 된다면 기차보다는 차로 움직이기를 권한다.

한 시간쯤 지나 베르농에 도착해 사람 무리에 섞여 역을 빠져 나온다. 베르농에서 지베르니Giverny까지는 셔틀버스가 운행된다. 성수기와 비수기, 요일에 따라서 운행 시간이 달라지니 미리 확인하는 편이 좋다. 셔틀버스가 출발한다던 '파리 광장Place de Paris'이 어딘지 몰라 주변을 두리번거리다 저만치 앞서가는 관광객들의 꽁무니를 쫓아간다. 멀리서 셔틀버스 두 대가 승객을 기다리고 있다. 버스에 올라 금발의 미녀 기사에게 왕복표를 구매하고 좌석에 앉는다.

버스가 시내를 살짝 돌아 15분쯤 달려 지베르니에 도착한다. 같은 버스에서 내린 관광객들과 '클로드 모네의 집과 정원Maison et Jardin de Claude Monet'이라고 적힌 표지판을 따라 걷는다. 한여름에는 모네의 집 입구에 표를 사려는 사람들의 줄이 100미터도 넘었던 것 같다. 숨이 턱 막힐 정도로 무더웠지만, 여름은 정원의 꽃과 수련이 만개해서 사진 찍기에는 좋은 계절이다. 가을 끝 무렵에 와 보니 꽃들이 다소 생기를 잃어 아쉽지만 비교적 한산해서 좋다.

성수기에 모네의 집을 방문한다면 지베르니http://giverny.org 또는 클로드 모네 재단http://Fondation-Monet.com 홈페이지에서 입장권을 미리 구매하면 좋다. 예매 수수료가 붙지만 땡볕 아래 긴 줄을 서느라 시간을 낭비하는 것보다 낫다. 매년 50만 명이 넘는 방문객들을 맞이하는 관광 명소답게 홈페이지에는 베르농 기차역과 지베르니를 오가는 셔틀버스 시간표, 숙소, 식당 등 실용적인 정보들이 상세하게 안내되어 있다. 검색하는 김에 기차 시간표도 확인하

위_ 주차장에서 클로드 모네 재단으로 가는 길이 마치 산책로 같다.
아래_ 클로드 모네 재단 입구.

길 바란다. 프랑스 국영철도공사SNCF 홈페이지http://www.voyages-sncf.com에서 출발지와 목적지 그리고 날짜를 입력하면 기차 시간표을 쉽게 알 수 있다. 알찬 여행을 위해서 방문 전 사전 조사는 필수다.

클로드 모네 재단의 설립

클로드 모네는 43세에 지베르니에 정착하여 여생을 보낸다. 그는 이곳에 살면서 〈건초더미〉, 〈포플러나무〉, 〈루앙 대성당〉, 〈수련〉 연작 등 대작들을 발표하며 전성기를 맞이한다. 앞서 오르세 미술관에서 본 연작들이 바로 이곳에서 탄생했다. 처음 지베르니에 올 때는 경제적 형편이 여의치 않아 임대로 살다가 7년이 지난 50세에 이 집과 정원을 매입했다. 이후 모네는 앱트 강에서 끌어온 물로 연못을 만들고 늪지대를 사들이는 등 정원을 가꾸는 데 엄청난 공을 들였다.

지베르니에 있는 모네의 집과 정원은 '클로드 모네 재단'이 운영한다. 이곳은 모네의 작업실이 있던 '수련 스튜디오', 모네가 살던 집, 꽃의 정원 '클로 노르망Clos Normand', 연못이 있는 '물의 정원' 총 네 구역으로 나뉜다. 1926년 모네가 세상을 떠난 후 그의 소유지는 홀로 남은 둘째 아들 미셸에게 상속되었고 1966년 자녀가 없던 미셸의 유언에 따라 보자르 아카데미에 귀속되었다. 몇 번의 시행착오와 보수작업을 거쳐 모네가 생존했을 때의 옛 모습을 되찾고, 1980년 '클로드 모네 재단'이 창설되면서 일반인에게 개방되었다.

수련 스튜디오

출입구를 지나 왼쪽 창고처럼 생긴 건물로 들어선다. 모네가 작업실로 사용한 수련 스튜디오다. 지금은 모네의 작품과 정원에 관한 책, 아트 상품을 판매하는 아트숍으로 변모했다. 화가에게는 더없이 의미 있던 공간이 모네의 이미지를 활용한 상업 공간이 된 듯해 조금 씁쓸하다. 모네의 정원은 겨울에는 개방하지 않지만 아트숍은 겨울에도 공휴일에는 문을 연다. 미리 예약할 경우 평일에도 이용할 수 있다. 300제곱미터가 넘는 넓은 공간에 다양한 모네 관련 상품과 프린트된 대형 그림이 있다. 나는 미술관 아트숍에 오면 아트 상품보다 주로 도록과 책을 살펴본다. 현지 미술관이 아니면 구하기 어려운 책이 많기 때문이다.

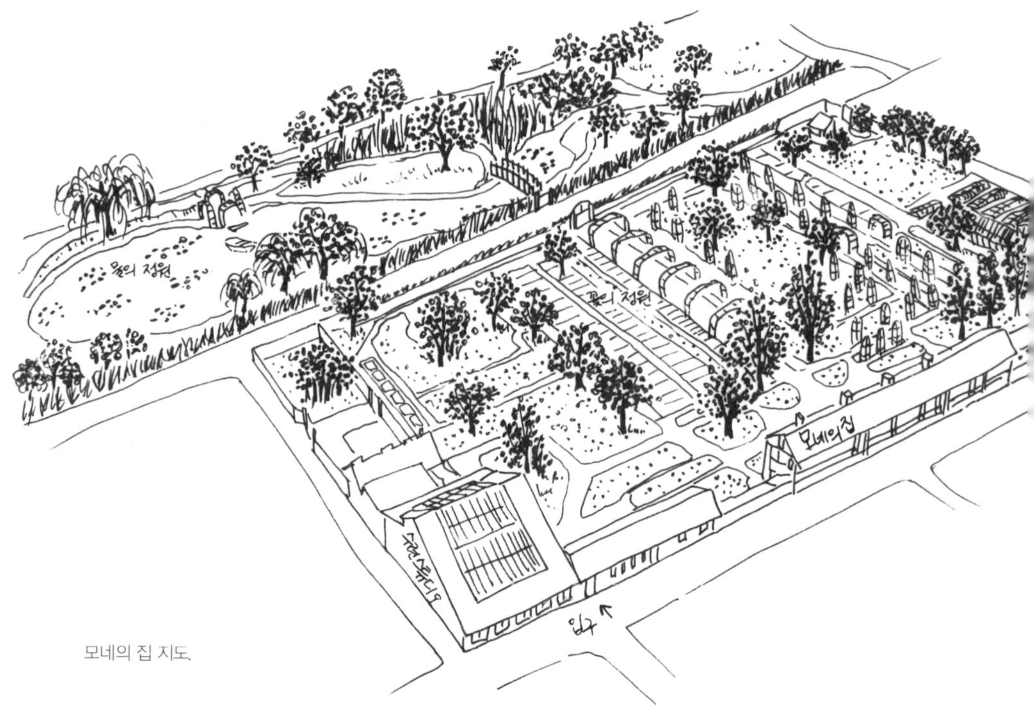

모네의 집 지도.

녹색 계단과 녹색 창문이 인상적인 모네의 집.

녹색 창문이 있는 모네의 집에 들어서다

아트숍을 나와 모네의 일상이 담긴 집으로 들어간다. 귀족이나 성공한 사업가가 아닌 화가의 집이라는 선입견 때문인지 생각보다 크게 느껴진다. 하지만 성인 두 명과 아이 여덟 명이 다 함께 살기에는 오히려 좁았을지도 모르겠다.

계단과 창문이 모두 녹색인 점이 도드라진다. 내게는 집의 규모만큼이나 강렬한 첫인상으로 다가온다. 자연을 사랑한 화가답게 녹색을 좋아한 모양이다.

아래층 응접실에 모네의 그림들이 빽빽하게 걸려 있다. 가족들이 식사를 하느라 북적거렸을 식당은 노란색, 부엌은 파란 타일로 꾸며놓았다. 주로 욕실 바닥만 타일로 마감하는 한국 인테리어와 비교하면 다소 생소하지만 프랑스에서는 흔한 모습이다. 유학 시절 하숙집 거실 바닥도 타일이었다. 무더운 여름이면 하숙집 할머니와 신발을 벗고 타일 위를 맨발로 걷곤 했는데 시원하고, 카펫보다 청소도 편했다.

위층으로 올라가는 계단 벽과 침실에는 모네가 수집한 우키요에가 걸려 있고 침실에는 그가 사용한 가구가 그대로 보존되어 있다. 이곳을 처음 방문했을 때 우키요에가 많다는 데 정말 놀랐다. 모네의 일본에 대한 동경과 사랑은 집과 정원 곳곳에서 발견된다. 이제는 어느 관광지를 가도 중국인이 가장 많지만 10여 년 전만 해도 모네의 집을 방문하는 아시아인은 대부분 일본인이었다. 예술의 나라 프랑스에서 한때 화려하게 유행하던 자신들의 문화유산을 직접 눈으로 확인한 소감이 어땠을까?

파란 타일이 돋보이는 부엌과
정감있는 노란색 식당.

꽃의 정원 '클로 노르망'

오늘따라 유난히 엄격한 안내원 때문에 실내 사진은 포기하고 창문 넘어 모네의 정원으로 시선을 옮긴다.

모네의 정원을 한마디로 표현하라면, 땅에 그려낸 한 폭의 회화라고 하겠다. 프랑스 정원은 원래 깍아놓은 듯한 인공미가 특징인데 모네의 정원은 소쿠리에 꽃씨를 마구 섞은 뒤 흩뿌린 것마냥 자연스럽다. 나만큼 키가 큰 꽃도 있고, 아래에서부터 낮게 기어오르는 꽃도 있어 어른, 아이 할 것 없이 자신의 눈높이에서 아름다운 정원을 감상할 수 있다. 그러나 이 정원이 보이는 대로 계획 없이 꾸며진 것은 아니다. 모네가 치밀하게 빚어낸 결과다.

자신을 정원사로 자처할 만큼 조경에 애정이 깊었던 모네는 정원을 전문적이고 체계적으로 가꿨다. 정원수의 키를 고려해 지지대와 아치를 만들고, 보색대비에 맞춰 꽃을 배치했으며, 정원수 역시 정원 어딘가에 늘 화려한 색이 보이도록 계절별로 고루 선택해 심었다. 실제 풍경을 보이는 그대로 그리는 인상주의 화가였으니 그림 같은 정원을 그리기 위해 정원 자체를 아예 그림처럼 꾸민 것이다.

모네에게 있어 정원 가꾸기는 그림 그릴 준비 작업이나 다름없었을 것이다.

정원 풍경.

클로드 모네 | **화가의 지베르니 정원** | 1900년 | 캔버스에 유채 | 81.6x92.6cm | 오르세 미술관

모네와 모델 그리고 아내, 그의 사람들

모네가 지베르니에 정착하기 전 모네 곁에는 알리스 오슈데Alice Hoschedé라는 귀부인이 있었다. 원래는 화가와 컬렉터의 부인으로 만났다. 그녀의 남편은 대형 백화점 오너이자 미술품 수집가였다. 그러나 남편이 파산하면서 도망가버리고 혼자 오갈 데 없는 신세가 되자 아이 여섯 명을 데리고 모네와 그 아내인 카미유 동시외가 사는 집을 찾아온다. 그날부터 한 지붕 아래 한 남자와 두 여자가 함께 사는 드라마틱한 생활이 시작된다. 아슬아슬한 줄타기 같은 생활도 잠시, 투병 중이던 모네의 아내가 세상을 떠나자 모네와 알리스는 흉흉한 스캔들의 주인공으로 입방아에 오르내리며 동거생활을 이어간다. 모네와 알리스는 모네의 아내가 세상을 떠난 지 4년 후 이곳 지베르니로 이사온다. 이후 알리스의 남편까지 사망하자 둘은 결혼식을 올린다. 만남의 시작이야 어찌 되었든 모

정원 풍경에 눈이 즐겁다.

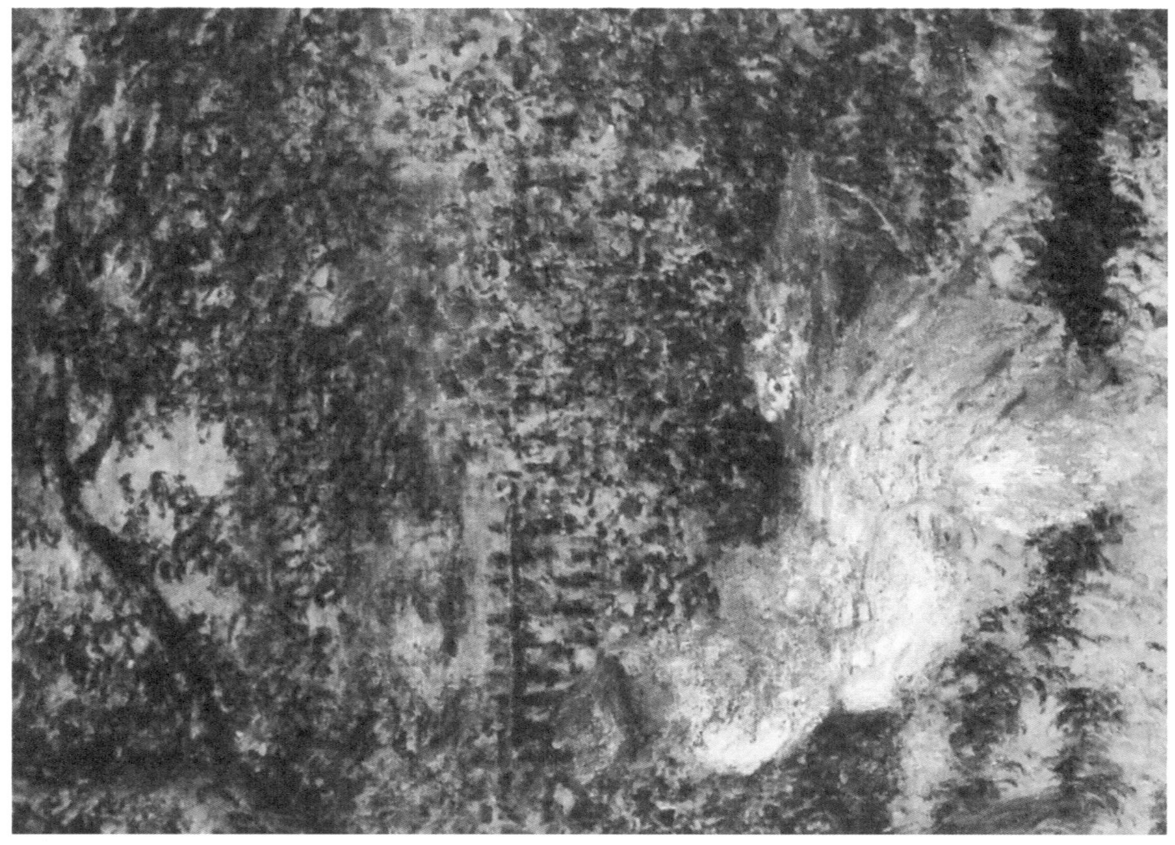

클로드 모네 | 정원의 알리스 오슈데 | 1881년 | 캔버스에 유채 | 81x65cm | 개인 소장

네의 마지막 사랑, 알리스는 모네와 여생을 함께 보내며 그의 곁에서 숨을 거둔다.

모네는 젊을 때부터 눈이 높아 귀부인 정도는 되야 사귈 거라고 주위에 떠들고 다녔는데 정작 처음으로 사랑에 빠진 여자는 모델 카미유 동시외Camille Doncieux였다. 그 당시 모델의 사회적 지위는 귀부인과는 거리가 멀었다. 모네는 집안의 격렬한 반대를 무릅쓰고 카미유와의 결혼을 강행한다. 훗날 카미유는 오랜 가난과 병마와 싸우다 끝내 모네를 떠나지만 죽는 순간까지 모네의 뮤즈로 남았다. 카미유를 모델로 한 〈초록 드레스를 입은 카미유〉와 〈영면하는 카미유〉에는 그녀를 향한 모네의 애정이 담겨 있다. 그런데 어떻게 아내가 죽어가는 순간의 고통을 그림으로 남길 생각을 했는지, 인상에 대한 모네의 집착이 과하다는 생각도 든다. 그나마 그림 오른쪽 하단에 하트 표시를 남겨 그녀를 향한 애틋한 마음을 드러낸다.

〈붉은 케이프-모네부인〉에서 카미유의 눈빛과 표정을 읽어보자. 아련한 눈빛, 정확한 윤곽선 없이 인상만 드러나지만 카미유의 심상이 느껴진다. 모네는 이 작품을 죽는 날까지 팔지 않고 소장했다. 남자는 첫사랑을 못 잊는다더니.

그림에서는 모네와 카미유, 알리스의 관계가 어떻게 드러나 있을까? 카미유를 그린 작품에서는 화가의 시선이 모델을 향한다. 모델의 눈빛과 표정에서 감정이 느껴진다. 그 감정은 분명 그녀를 그리는 화가의 감정이었을 것이다.

이와 달리 알리스는 〈정원의 알리스 오슈데〉에서처럼 주로 전체 풍경의 한 부분으로 등장한다. 알리스가 어떤 감정인지 읽히지

좌_ **클로드 모네** | **초록 드레스의 여인** | 1866년 |
캔버스에 유채 | 231x151cm | 쿤스트할레 브레멘
우_ **클로드 모네** | **붉은 케이프-모네부인** | 1873년 |
캔버스에 유채 | 100.2x80cm | 클리블랜드 미술관
아래_ **클로드 모네** | **영면하는 카미유** | 1879년 |
캔버스에 유채 | 90x68cm | 오르세 미술관

아내 카미유를 향한
애정이 느껴지는
사인 옆 하트 표시.

않는다. 그녀 대신 꼬마아이 한 명을 데려다 놓는다 해도 그림이 크게 달라 보이지 않을 것이다. 카미유가 등장하는 그림은 다르다. 인물화에서는 화가와 모델의 교감이 중요하다. 둘의 교감이 화가에게 영감을 주고 작품에 생명을 불어넣는다. 수년째 모델 드로잉 강의를 해온 나는 수업이 끝난 후 학생들의 박수 소리와 분위기로 모델과 학생들의 교감을 짐작한다. 모델과의 교감은 화가의 붓을 춤추게 한다. 화가의 모델이 애인이 되고 화가의 애인이 모델이 되기도 하는 것은 바로 이런 이유 때문 아닐까.

물의 정원, 잔잔한 낭만을 찾다

지하통로를 건너 물의 정원으로 향한다. 눈앞에 모네의 그림이 생생히 펼쳐진다. 그림이 먼저인지 연못이 먼저인지 구분되지 않는다. 그가 그린 〈수련〉의 한가운데에 서 있는 기분이다. 너무 똑같아 신기할 정도다.

지베르니를 처음 방문했을 때만 해도 나는 모네에 대해 잘 알지 못했다. 그때 나는 모네의 이 연못을 얼마나 질투했는지 모른다. 내게도 이런 연못이 있었다면 나도 모네가 됐을 것이라며 속으로 건방을 떨었던 적도 있다. 이 정성 어린 정원을 두고 말이다.

영화 〈미드나잇 인 파리〉에서 주인공 커플이 첫 대화를 나눴던 일본풍의 녹색 다리 아래로 수련이 얼굴을 내밀고 있다. 좀 걷다 보니 한 켠에 작은 나룻배가 기대어져 있고, 버드나무 가지가 곡선을 그리며 바람에 흔들린다. 곧게 뻗은 대나무들이 빽빽히 모여

물의 정원 풍경은 그림을 그대로 실현해놓은 듯하다.

위_ 클로드 모네 | 수련 연못 | 1899년 | 캔버스에 유채 | 89.5x92.5cm 아래_ 클로드 모네 | 수련 | 1904년 | 캔버스에 유채 | 89x95cm

길을 터주고, 좁다란 개울이 어우러져 한 폭의 그림처럼 조화롭다. 이것이 개인의 정원이고 또 화가가 만든 정원이라는 사실이 믿기지 않는다. 어느 곳에 자리를 잡아도 그림 같다. 그래서인지 셔터를 눌러대는 사람들이 내 카메라 앵글에 자꾸 걸린다. 비교적 한가한 계절임에도 모네의 정원만 온전히 카메라에 담고픈 소망은 지나친 욕심이었나 보다.

수련은 모네가 말년에 가장 많이 그린 소재이며, 모네의 수식어로 따라올 만큼 그를 대표한다. 모네의 인상주의 화가로서의 인생은 〈해돋이〉로 시작해서 〈수련〉으로 마쳤다고 할 수 있다. 1919년에 제작된 세로 200, 가로 425센티미터 대형 크기의 〈수련 연못〉은 2008년도 런던 크리스티 경매에서 8,000만 달러를 넘겨 그의 작품 중 최고 경매가를 기록한 바 있다.[8] 그는 수련을 정말 많이 그렸는데, 캔버스 크기와 구도, 색 톤이 모두 다르다고는 해도 구별이 쉽지 않다. 수련의 형태가 워낙 단순해서 변화를 주는 데 한계

오래 보아도 질리지 않을 풍경이다.

가 있고 인상주의 채색법의 특성상 윤곽선의 경계가 분명하지 않기 때문이다. 더욱이 말년에 그린 작품은 수련의 형태가 점점 희미하고 추상에 가까운 이미지로 보인다. 인상주의는 미술사에 한 획을 그었고 모네는 그 중심에 서 있다. 하지만 무엇이든 희소성이 있어야 귀하게 여기는 법. 같은 소재의 비슷한 작품이 많다 보니 상대적으로 작품 가치가 낮게 느껴지는 건 나만의 생각일까.

모네의 아이들

인물을 배치한 풍경화는 연작에서 나타나는 반복성의 지루함을 깨뜨린다. 모네는 알리스와 알리스의 딸들을 자주 그렸는데 〈노르웨이식 나룻배〉에 등장하는 세 여자는 알리스의 딸들이다. 그중 둘째 딸인 블랑슈는 모네의 장남인 장과 결혼한다. 그녀는 장이 전쟁터에서 목숨을 잃자 지베르니로 돌아와 의붓아버지이며 시아버지이자 스승인 모네를 보살핀다. 특히 엄마 알리스가 세상을 떠난 후 백내장으로 시력을 점점 잃어가는 모네를 극진히 살핀다.

셋째 딸 수잔은 지베르니에 정착한 미국 출신의 인상주의 화가 테오도르 얼 벌터Theodore Earl Butler와 결혼하지만 젊은 나이에 일찍 사망한다. 첫째 언니인 마르트가 대신 아이들을 봐주다가 동생의 남편이었던 테오도르와 또 결혼한다.

한편 알리스의 막내아들, 장 피에르Jean-Pierre Hoschedé는 친아버지가 모네라는 소문도 있다. 지금은 장 피에르의 후손만이 미술과 관련된 일을 하고 있다.

클로드 모네 | **노르웨이식 나룻배(지베르니의 나룻배)** | 1887년경 | 캔버스에 유채 | 98x131cm | 오르세 미술관

나룻배가 있는 물의 정원 풍경.

밖으로 나와 주위를 둘러본다. 모네의 집은 벽도 예술이다. 집 앞 골목 쪽 외벽을 덮고 있는 담쟁이 덩굴이 녹색 창문과 어우러져 한 폭의 그림 같다. 떠나기 아쉬운 마음을 모네의 집 앞 수련이라는 뜻의 '레 냉페아Les Nymphéas'에서 에스프레소와 디저트로 달래본다. 찻집이라고 쓰여 있지만 프랑스에 왔으니 프랑스 에스프레소를 즐겨보자. 난 에스프레소가 너무 써서 설탕을 두 개는 넣어야 되지만 말이다.

클로드 모네 재단에서 운영하는 모네의 집 앞 꽃 가게, '부티크 플뢰르Boutique-Fleurs'에서는 모네가 좋아했던 꽃을 팔고, 동네의 한 카페 앞마당에서는 음악을 연주하고 골목에는 아이들의 비눗방울 놀이가 한창이다. 지베르니의 주인공은 단연 '클로드 모네의 재단'이지만, 예쁘지 않은 곳이 없다.

여기저기 기웃거리다가 베르농으로 돌아가는 마지막 셔틀버스를 탄다. 해가 뉘엿뉘엿 넘어가고 하늘이 짙은 잿빛으로 변해간다. 지금 가면 언제 또 오게 될지…. 아쉬운 마음이 밀려온다. 다음번에는 꼭 하룻밤 묵고 가야겠다. 모네와 그의 마지막 사랑 알리스 그리고 아이들이 자란 지베르니를 자전거로 마음껏 누비고 싶다. 비껴가는 바람 속에서 그들의 숨결을 느끼고 싶다. 무더위에 약한 내게는 한여름보다 따스한 봄이 좋겠다. 봄이면 정원의 꽃과 수련이 만개한 채 나를 더 활기차게 반겨줄 테니.

다음 여행을 꿈꾸는 사이 베르농에 도착하고 기차역 창구 앞에 줄을 선다. 그런데 기차 시간이 이상하다. 마지막 셔틀버스를 타면 기차를 한 시간가량 기다려야 한다는 것을 깜빡했다. 바로 전 버스만 탔어도 곧바로 기차를 탈 수 있었을 텐데, 오늘은 아침부터 저녁까지 허탕치기 일쑤다.

좌_ 입구부터 꽃향기가 가득한 모네의 집 앞 꽃가게.
우_ 레 냉페아 찻집에서 홀로 즐기는 에스프레소와 디저트 세트.

좌_ 아이들이 뿜어낸 비눗방울이 담쟁이넝쿨로 덮힌 벽을 배경으로 영롱하게 빛난다.
우_ 카페 앞마당에서 펼쳐지는 음악 연주에 발길이 멈춘다.

ICI REPOSE
VINCENT VAN GOGH
ICI REPOSE
VAN GOGH

고흐의 집

Auvers-Sur-Oise
Auberge Ravoux

고뇌와
열정 사이의
방황을 따라

Vincent van Gogh
1853-1890

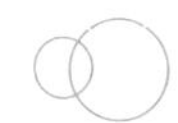

흐리지도 맑지도 않은 파리의 가을 아침. 어제 호텔에서 아침을 먹으며 처음 인사를 나누던 새침한 그녀가 내 앞에 와 앉는다. 5개 국어를 할 줄 아는 갈색머리의 프랑스 미녀 오렐리아Aurelia는 글로벌 회사 서너 군데에 면접이 있어서 파리에 왔다고 한다. 모닝커피를 사이에 두고 우리는 수다 삼매경에 빠졌다.

서로가 적지 않은 나이여서 자연스럽게 사랑과 결혼에 대한 얘기로 흘러갔다. 그녀는 서른이 되면서부터 부모님이 결혼을 재촉해 스트레스를 많이 받는다며 투덜거린다. 나이에 떠밀려 쫓기듯 하고 싶지 않다는 그녀. 정말 사랑하는 사람이 생기면 그때 하고 싶단다. 언젠가 내가 부모님께 했던 말을 프랑스 사람한테서 듣게 되다니 뜻밖이다. 그녀는 부모님이 유난히 보수적이라고 하지만, 유학 시절 일 년 동안 함께 지낸 하숙집 할머니도 혼자 아들을 키우며 사는 딸 걱정을 많이 했다. 한국이나 프랑스나 부모의 자식 걱정은 별반 다르지 않다.

한가히 노닥거리는 사이 출발 시간이 코앞으로 다가왔다. 그녀에게 오늘 있을 면접에 행운을 빌어주며 호텔을 나선다. 가방엔 가벼운 우산 하나를 챙겨 넣고, 머릿속엔 가볍지 않은 이름 하나를 떠올리며 기차역으로 향한다. 비운의 화가, 고흐를 만나러 가는 길이다.

고흐는 할아버지와 아버지 모두 목사 출신으로 무척이나 엄격한 집안에서 성장했고, 평탄치 못한 삶을 살았다. 숙부가 운영하는 화랑에서 해고당하고 신학 공부에도 실패하자 27세의 늦은 나이에 미술계에 입문한다. 게다가 창녀와 결혼까지 하겠다고 했으니 부모 심정이 오죽했으랴. 인생이 뜻대로 되지 않던 고흐 또한 마음이 그리 편하지만은 않았을 것이다. 가족에게조차 외면당해 의지할 곳 없었을 그의 마음을 헤아려 본다.

오래되어 보이는 것들의 정취, 오베르 쉬르 우아즈

고흐가 생애 마지막으로 머무른 오베르 쉬르 우아즈는 파리에서 북서쪽으로 20여 킬로미터 정도 떨어져 있다. 나는 오늘도 학교 가는 길에 자주 다녀 친근한 생라자르 역에서 출발한다. 지조Gisors행 J선을 타고 퐁투아즈 역Gare de Pontoise에 내려 크레이Creil행 H선으로 갈아탄다. 평일인 데다 관광 시즌이 끝날 무렵이라 기차 안이 한적하다. 덕분에 창 너머 펼쳐지는 풍경은 오롯이 내 것이다. 파리를 벗어난 지 한 시간 남짓 지났을까. 혼자만의 유람을 만끽하다 보

위_ 오베르 쉬르 우아즈 역. **아래_** 기차역의 지하통로 그라피티가 눈에 띈다.

니 어느새 목적지인 오베르 쉬르 우아즈에 이른다.

방문객을 환영하듯, 화가들이 사랑한 지역답게 어느 누군가 역을 빠져나가는 지하통로에 유쾌한 벽화를 그려놓아 썰렁한 시골역에 활기를 준다. 벽화에 눈길을 주며 기차역을 빠져나온다.

이 소도시의 첫 느낌을 색에 비유한다면 회갈색쯤 될까. 적당히 드리워진 촌스러움이 정감 있다. 역 근처에는 상당히 오래되어 낡아 보이다 못해 쓰러질 듯한 집들이 적지 않지만, 이곳을 스쳐간 대가들의 기운이 느껴져서인지 오히려 고전적인 무게감이 엿보인다. 1890년 9월의 어느 날, 화구박스 하나 들고 외로움에 지친 모습으로 이 역에 도착했을 고흐의 모습을 상상한다.

아를Arles에서 선망하던 고갱과 공동 생활을 시작했지만, 소란스런 언쟁 끝에 남은 건 마음의 상처 뿐, 결국 자신의 귓불(귀를 잘랐다고 말하는 경우도 있음)을 자르는 상황에까지 이른다. 주변의 차가운 시선을 견디다 못해 스스로 들어간 생래미 요양원에서도 정신발작은 계속되고, 그림을 자유롭게 그릴 수도 없었다. 결국 유일한 자기편인 동생이 있는 파리로 다시 돌아오지만 대도시 생활도 진저리나게 싫고, 이미 결혼해 아이를 둔 동생 집에 얹혀 사는 것도 마음 편하지 않았다. 이런 고흐의 마음을 잘 이해하는 테오는 형이 자유롭게 그림을 그릴 수 있고, 돌봐줄 만한 사람이 있는 곳을 물색하던 차, 피사로에게서 가셰 박사가 사는 오베르 쉬르 우아즈를 추천받는다. 그렇게 고흐는 파리에 머문지 사흘만에 이곳에 정착하기로 한다. 오로지 그림만을 가슴에 품고.

라부 여인숙.

라부 여인숙의 안내 표지판. 잠시 그 앞에 서서 고흐의 마지막 70일을 그려본다.

좌_ 1890년 라부 여인숙 앞 사진. 우_ 여인숙 앞 와인 테이블.

역을 나와 왼쪽으로 돌아 마을 초입에 들어서니 고흐가 묵었던 라부 여인숙Auberge Ravoux이 보인다. 이 건물 꼭대기 층에 있는 두 평 남짓한 다락방이 바로 고흐가 생애 마지막 70일을 보낸 곳이다. 삐딱한 천정에 붙어 있는 코딱지 만한 창으로 희미한 빛이 가까스로 스며든다. 침대 하나를 놓고 나면 이젤 하나 제대로 펼치기 어려웠을 정도로 좁고 답답해 보인다. 오히려 없던 병도 생길 것 같은 열악한 방…. 가셰 박사가 하루 숙식에 3.5프랑짜리 저렴한 하숙집을 소개해줬다며 기뻐했던 곳이다. 안내판에는 고흐의 방 사진과 그가 그린 라부 여인숙 주인의 열세 살짜리 딸 아들렌느의 초상화가 있다. 여인숙 벽에는 1890년도 라부 여인숙의 모습을 찍은 사진이 붙어 있다.

여인숙 앞 주인 없는 테이블에 의자 두 개와 와인 두 잔이 놓여 있다. 생전에 마음껏 누려보지 못한 유명 화가로서의 기쁨을 영혼으로나마 잠시 만끽하라는 의도일까? 그가 이 테이블에 내려와 동생 테오와 와인을 즐기는 장면을 상상해본다.

형만 한 아우 없다지만, 그 말을 무색하게 한 동생 테오. 형이 늦은 나이에 그림을 그리겠다고 했을 때 다른 가족은 모두 외면했지만 그만은 고흐에게 용기를 북돋우며 경제적인 지원을 약속했다. 유명 화가는 홀로 만들어지지 않는다. 자신의 그림을 알아봐주고, 소위 유명해질 때까지 뒷바라지를 해주는 후원자와 함께 만들어진다 해도 과언이 아니다. 후원자가 가족이든, 미술애호가이든, 누가 되었든 말이다.

화상이었던 테오는 고흐에게는 가족이자 후원자이며 미술 애호가였다. 어느 기사에 따르면, 고흐는 물감 값을 제외하고도 동생으로부터 때로는 한 달에 200프랑 가까이 지원받았다(당시 우체부 친구 룰랭의 월급이 약 135프랑 정도)고 한다. 그렇게 본격적으로 그림을 그리기 시작한 지 9년도 채 안돼서 900여 점에 달하는 유화를 그렸다. 그중 오베르에서 머문 70일 동안 70여 점을 그렸다. 어마어마한 작업양이다. 생활비에 재료비까지 더한다면 결코 적은 액수가 아니다. 그림에 대한 고흐의 열정도 대단하지만, 테오 없는 고흐가 과연 이 세상에 존재할 수 있었을까. 동생 테오의 조건 없는 지원에도 경의를 표한다.

고흐는 물감이 떨어질 때면 연필로 스케치를 하거나 돈이 안 드는 재료를 찾아보겠다고 말하곤 했는데 테오는 그때마다 형을 안심시켰다. 스스로 경제활동을 하지 않았으니 늘 가난에 대해 불안하고 초조했지만, 고흐를 과연 가난한 화가라고 말할 수 있을까. 종이 살 돈이 없어서 담뱃갑 은박종이에 그림을 그린 이중섭 화가를 생각해보자. 고흐는 물감을 희석시키기는커녕 캔버스에 튜브째로 갖다 대고 두텁게 칠하기까지 했다. 동생에게 쓴 편지마다 미안함이 담겨있지만, 미안함이 고흐의 열정을 누르지는 못했다. 부모가 자식에게 좋은 것만 먹이고, 좋은 것만 입히고 싶어 하듯, 화가는 튼튼한 캔버스에 오래되어도 변하지 않고 빛깔 좋은 물감을 입히고 싶어 한다. 그래서 화가들은 종종 화방에 있는 물감 진열대를 통째로 가져오고 싶다며 농담 같은 진담을 하곤한다. 내가 고흐의 시대로 돌아가 오베르의 어느 길가에서 그를 마주친다면 그래도 당신은 행복한 화가였다고 말하고 싶다.

빈센트 반 고흐 | **오베르 쉬르 우아즈 시청** | 1890년 | 캔버스에 유채 | 개인 소장

오베르 쉬르 우아즈 시청 앞 풍경.

"나는 늘 두 가지 생각 중 하나에 사로잡혀 있다. 하나는 물질적 어려움에 대한 생각이고, 다른 하나는 색에 대한 탐구다."

_고흐[9]

생동하는 오베르 시청

라부 여인숙 맞은편으로 시청이 보인다. 온몸에 짜릿하게 전류가 흐른다. 고흐의 그림 표지판과 함께 그가 양 끝에 그린 나무 두 그루도 여전히 자리를 지키고 있다.

고흐의 시선과 내 시선이 시간을 초월해 같은 곳을 바라보고 있다. 눈앞의 시청은 그저 차갑게 침묵하고 있지만, 캔버스 위의 시청은 고흐의 영혼이 한 켜 한 켜 쌓여 살아 숨 쉬듯 생동감이 넘친다.

그의 초기 화풍에 비하면 색채가 무척 밝아졌다. 망설임 없는 힘찬 붓질이 느껴진다. 고흐가 오베르에 머물던 시기, 그는 파리에서 열린 〈앙데팡당전〉과 브뤼셀에서 열린 〈20인전〉을 통해 동료 화가와 당대 저명한 미술비평가, 알베르 오리에Georges-Albert Aurier로부터 호의적인 평을 받았다. 드디어 생애 최초로 유화를 한 점 팔았으니 고흐의 머릿속을 괴롭히던 그만의 기법을 더 이상 멈출 이유가 없었다.

고흐는 끊임없이 색을 연구했다. 하나의 색이 다른 어떤 색과 배치될 때 가장 빛날 수 있을까 고민을 거듭했다. 피사로와 신인상주의 화파의 영향을 받아 두 개 이상의 색을 팔레트에서 혼합

한 뒤 칠하지 않고 각각의 색을 캔버스 위에 나란히 배치시키는 병치혼합 기법을 사용했다. 특히 보색대비를 즐겼는데, 보색은 두 색을 섞었을 때 무채색이 나오는 색을 말한다. 예를 들면 빨강과 청록, 노랑과 남색, 연두와 보라처럼 표준 색상환에서 서로 정반대쪽에 있는 색이다. 이런 보색대비를 통해 각각의 색이 본래의 색을 유지하면서도 서로 조화를 이루며 더욱 아름다워 보이기를 바랐다.

하지만 고흐가 색을 중시했다고 해서 형태를 무시한 건 아니다. 다소 거친듯한 붓 터치로 형태가 왜곡되어 보이기도 하지만 고흐는 데생을 매우 중요하게 여겼다. 여기서 데생이란 형태를 우선시하고, 선을 우선시한다는 말과도 같다. 그는 사물의 형태를 윤곽선으로 단순하게 마무리하고 형태를 강조했다.

여인숙을 끼고 오른쪽으로 돌아 도비니 미술관으로 향한다. 이곳에 관광안내소가 있다. 놀랍게도 한국어로 된 오베르 안내지도

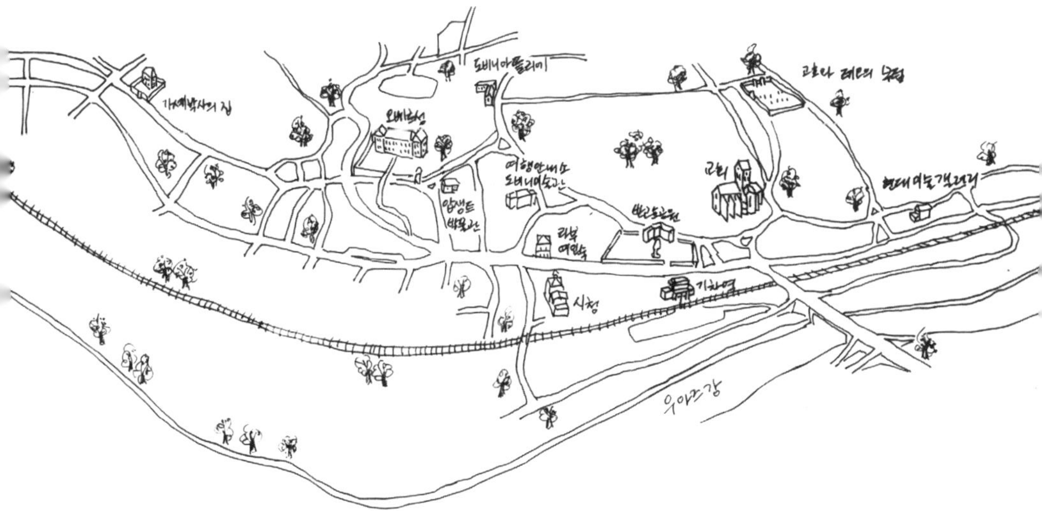

한국어판 오베르 안내지도를 그대로 따라 그려보았다.

를 발견했다. 마지막 남은 한 장을 잽싸게 집어 들고 교회로 향한다. 교회가 가까워질수록 가슴이 두근두근. 나는 그 교회를 꼭 보고 싶었다. 이곳에 다시 오고 싶었던 이유다.

오베르의 교회 앞에서 고흐의 소리를 보다

10여 년 전쯤 이 교회를 실물로 처음 보았을 때 나는 뒤통수를 한 대 얻어맞은 기분이었다. 그림 속 교회와 너무 달랐기 때문이다. 순간 내 자신이 한없이 작게 느껴졌다. 두 번째 보아도 그 감동은 여전하다. 세상에 교회는 많지만 고흐가 재탄생시킨 〈오베르 쉬르 우아즈의 교회〉는 실로 창조적이다. 고흐가 생기를, 생명을 불어넣어 살아 숨 쉬게 만든 작품 속 교회는 손대면 꿈틀하고 움직일 것만 같다. 고흐가 평생토록 고민한 독창성을 나는 이 작품에서 발견했다. 이 교회를 본 후, 〈오베르 쉬르 우아즈의 교회〉는 내 마음속 최고 걸작이 되었다.

고흐는 동생에게 보낸 편지에서 몇 번이나 자연이 내는 소리도 캔버스에 담고 싶다고 말했다. 예를 들면 바람 소리, 공기 움직임, 바람에 부딪히는 이삭의 소리. 지금은 미술작품 소재도 첨단화되어 실제로 소리를 담을 수 있지만 19세기에는 상상조차 할 수 없는 일이다. 하지만 고흐는 그림에 소리를 입히고자 했다. 눈에 보이는 소리를. 나는 이 그림에서 소리를 보고 있다.

빈센트 반 고흐 | **오베르 쉬르 우아즈의 교회** | 1890년 |
캔버스에 유채 | 74.5x94 cm | 오르세 미술관

오베르 쉬르 우아즈의 실제 교회.

오베르는 화가의 그림이 그려진 장소를 그림 표지판으로 안내한다.
좌_ 코로의 그림을 담은 표지판. **우_** 실제 장소.

좌_ 세잔의 그림을 담은 표지판. **우_** 실제 장소.

좌_ 인상주의 작품이 전시된 오베르 성.
우_ 프랑스의 정원답게 인공미가 넘치는 오베르 정원에서 바라본 마을 풍경.

좌_ 고흐가 종종 야외 아틀리에로 찾던 도비니의 정원. 우_ 도비니의 아틀리에 입구.

꼭 보고 싶은 곳을 보았으니 안내 지도를 들고 여유롭게 동네 산책을 해야겠다. 오베르는 화가의 그림이 그려진 장소를 그림 표지판으로 안내한다. 고흐뿐 아니라 도비니와 세잔, 코로, 피사로의 그림들이 어느 위치에서 그려졌는지 알 수 있다. 그림을 보고 있는 것이 아니라 그림 속으로 들어가는 듯한 착각에 빠지게 한다.

고흐의 집에서 조금 멀리 떨어진 오베르 성과 가셰 박사의 집도 둘러볼 만하다. 19세기 문인과 화가가 즐겨 마셨다는 압생트와 각종 소품을 전시하고 있는 압생트 박물관, 인상주의 작품을 전시하고 있는 오베르 성, 그리고 조금 더 멀리 가셰 박사의 집이 있다. 가셰 박사의 집은 지금은 현대미술 작품을 전시하고 있는데 젊은 작가들의 영상 작품이 상당히 인상적이다.

이전에 생레미 요양원에 갇혀 살면서 그림 소재에 제약을 받던 고흐는 오베르에 와서 자유의 몸이 되었다. 캔버스를 들고 원하는 곳이면 어디든지 찾아갈 수 있었다. 지금은 미술관으로 변모한 가셰 박사의 집과 정원, 화가 도비니의 정원도 고흐의 야외 아틀리에가 되곤 했다.

특히 아내를 잃고 외로이 지내던 가셰 박사와 고흐는 한때 의사와 환자 이상으로 가까이 지냈다. 가셰 박사는 고흐에게 우울증에 가장 좋은 약은 작업에 몰두하는 것이라며 독려했다. 그는 정신과 의사이자 아마추어 화가였다. 그는 화가나 성악가에게는 진찰료 대신 공연 초대권이나 그림을 받을 정도로 예술 애호가이자 수집가였다. 가셰 박사가 오베르에 온 건 고흐가 오기 20여 년 전이다.

빈센트 반 고흐 | **오베르 쉬르 우아즈 정원 안의 가셰 양** | 1890년 | 캔버스에 유채 | 55.5x46 cm | 오르세 미술관

젊은 작가들의 참신한 현대미술작품이
전시된 가셰 박사의 집.

위_ 빈센트 반 고흐 | 가셰 박사의 초상 | 1890년 | 캔버스에 유채 | 67x56cm | 개인 소장

아래_ 빈센트 반 고흐 | 가셰 박사의 초상 | 1890년 | 캔버스에 유채 | 57x68cm | 오르세 미술관

친구 집을 방문했다가 채석장으로 번창한 이 마을에 반해, 이 집을 사게 되었다. 지금도 가셰 박사의 정원 한쪽엔 채석장의 흔적이 남아 있다. 그의 아들은 제2차 세계대전 때 채석장 안쪽 깊은 곳에 가셰 박사가 수집한 미술품들을 숨겨 보관했다고 한다. 여름이면 그의 정원에서 테오의 아내와 조카가 즐거운 한때를 보내기도 했다. 가셰 박사에게는 딸과 아들이 있었는데, 고흐는 가셰 박사뿐 아니라 자녀들도 여러 번 그렸다.

가셰 박사를 모델로 그린, 〈가셰 박사의 초상〉은 1990년 뉴욕 크리스티 경매에서 최고경매가 8,250만 달러에 일본의 다이쇼와 제지 회사의 료에이 사이토 회장에게 낙찰되었다. 달러당 1,000원이라고 했을 때 무려 825억 원에 이른다.[10]

자신의 작품이 팔리길 그리도 열망했던 고흐가 이 사실을 안다면 하늘에서라도 기뻐 깡충깡충 뛰어다닐 것 같다. 고흐는 1890년 1월 브뤼셀에서 열린 〈20인전〉에서 생애 최초로 〈붉은 수수 밭〉이 판매되어 기뻐했으나 400프랑이라는 작품 가격에는 만족해하지 않았다고 한다.

가셰 박사의 초상은 두 점이 있다. 고흐는 같은 대상을 여러 점 그려 선물하곤 했다. 가셰 박사는 고흐가 그린 자신의 초상화를 갖고 싶어 했다. 고흐는 첫 번째 초상화와 같은 포즈로 두 번째 초상화를 그렸는데 가셰 박사가 조금 더 부드러운 분위기를 원해서 첫 번째에 비해 약간 평범한 분위기로 그렸다. 가셰 박사가 소장한 초상화는 후에 가셰 박사 아들에게 상속된 뒤, 루브르 미술관을 거쳐 지금은 오르세 미술관에 있다.

나는 첫 번째 작품이 훨씬 생동감 있어서 좋다. 붓 터치가 더 강렬하고 고흐만의 색깔이 분명하다. 반면 가셰 박사가 갖고 있던 두 번째 초상화는 지금은 오르세에 있지만 처음엔 가셰 박사가 모사한 작품일지도 모른다며 기증을 받지 않으려고 했다. 그도 그럴 것이 두 작품의 표현 기법이 너무 차이가 난다. 나는 두 번째 초상화에서 고흐의 기운을 전혀 느낄 수 없다. 다른 이는 어떻게 느끼는지 궁금하다.

빈센트 반 고흐 | 까마귀가 있는 밀밭 | 1890년 | 캔버스에 유채 | 50.5x103cm | 암스테르담 반 고흐 미술관

고흐의 마지막 순간

마을 뒤편으로 돌아가면 소박한 동네 분위기와는 달리 너른 평야가 이어진다. 고흐의 마지막 작품으로 알려진 〈까마귀가 있는 밀밭〉의 배경이 된 곳이다. 계절마다 달라지는 곡물의 색깔도 기대되지만, 구름 모양에 따라 천지 차이일 것 같은 풍경도 멋지다. 황금빛 밀밭 위에 고흐의 심장을 닮은 구름이 떠다닌다. 한눈에 담기지 않는 드넓은 밀밭의 분위기를 강조하기 위해 가로로 긴 캔버스를 선택했을지도….

1890년 7월 27일 고흐는 이 들판 어디쯤에 있었을까. 그는 정말 자살했을까. 화가의 인생은 마라톤 주자와 같거늘, 단거리 주자의 페이스로 전력 질주했으니 심장이 견뎌내기 힘들었을 것이다. 하지만

위_ 오베르의 공원묘지 입구. 아래_ 고흐와 테오의 무덤.

자살은 남은 이들에 대한 배신이 아닌가. 고흐가 과연 동생 테오를 배신할 수 있었을까. 더욱이 이제 막 인정받기 시작한 시점에서 삶의 끈을 스스로 놓았다고는 믿기지 않는다. 물론 그로부터 얼마 전, 테오로부터 더 이상 경제적 지원을 해줄 수 없다는 말을 듣기는 했다. 하지만 오랫동안 자신을 해바라기한 테오를 생각하면 자살은 꿈에서조차 생각할 수 없는 일이었다.

최근 고흐의 사고사 또는 타살 가능성이 여러 곳에서 제기된다. 총상 분석 전문가인 빈센트 디 마이우 박사는 총 쏜 사람에게 흔히 발견되는 화약 흔적이 고흐에게는 발견되지 않았다는 점, 자살하는 사람이 총을 배에 쏘는 일은 드물며 대부분 입 안이나 머리에 겨눈다는 점, 총이 발견되지 않았다는 점 등을 이유로 자살이 아니라고 주장한다. 또한 그렇게 편지를 많이 쓰던 고흐가 유서도 남기지 않았고, 총상 후 집으로 돌아왔다는 등 여러 가지 설득력 있는 근거들을 제시했다. 하지만 총기 사고 후 스스로 치료를 포기한 것이 자살이라면 그는 분명 자살한 것이다.

밀밭 끝자락 지극히 평범한 공원묘지에 고흐가 잠들어 있다. 그 옆을 동생 테오가 지키고 있다. 두 형제의 무덤이 처음부터 나란히 있던 것은 아니다. 고흐가 죽은 후 테오는 형을 살리지 못했다는 죄책감에 시달리다가 6개월 후 세상을 뜬다. 그리고 1914년 고흐의 편지를 묶은 첫 번째 책이 나오고 테오의 아내 조는 남편 테오의 무덤을 형의 곁으로 이장한다. 이리하여 두 형제는 이곳에 함께 눕게 되었다.

누군가 갖다 놓은 꽃 화분과 풍성한 아이비 넝쿨이 친구가 되어 두 형제를 포근히 감싸고 있다. 묘비에는 'ICI REPOSE VINCENT

VAN GOGH', '빈센트 반 고흐 이곳에 쉬다.'라고 쓰여 있다. 맞다. 그는 죽은 것이 아니라 이곳에서 쉼을 누리고 있는 것이다. 더 이상의 발작증세로 고통 받지 않아도 되고 더 이상 테오에게 미안해하지 않아도 되는 세상에서. 그의 작품은 그의 염원대로 최고가를 받고 있으며 초라해 보이는 그의 무덤 앞까지 지구 반대편에서도 수많은 사람들이 찾아오고 있으니 더 이상 무엇을 바랄 것인가. 또한 지금 그의 곁에는 자신보다 형을 더 사랑한 테오가 있지 않은가.

아픔이 있는 예술가

마을 쪽으로 다시 내려와 라부 여인숙 맞은편 한 카페에 자리를 잡는다. 그리고 라부 여인숙을 바라보며 고흐를 생각한다. 그의 가족에 대한 사랑과 그림에 대한 열정은 누구보다 순수했다. 그의 편지가 수록된 책을 읽어본 사람이라면 그 누구도 반박할 수 없을 것이다. 나 역시 고흐의 편지들을 읽고 그가 미친 사람이 아닌 매우 순수하고 사랑이 많은 사람이라고 생각하게 되었다.

고흐에 대한 증명할 수 없는 괴기한 일화들은 그를 광인으로 몰기보다 스타 화가의 반열에 올리는 데 일조했다. 하지만 이제는 그에 대한 자극적인 수식어들을 하얗게 지우고, 그림에 대하여 얼마나 고민하고 열정적으로 연구했는지를 먼저 기억했으면 한다.

문득 "예술가는 아픔이 있어야 좋은 작업이 나온다."라는 스승의 말씀이 떠오른다. 고흐가 걸었던 거친 여정이 모두 존재의 이유가 되었음을 다시 실감하며 메뉴판을 뒤적인다. '아픔'이라는 단어가 머릿속에 맴돌아 음식 이름이 눈에 들어오지 않는다. 제일 만만한 플라 뒤 주르Plat du jour(오늘의 요리)를 주문해야겠다.

위_ 바에 앉아 에스프레스를 마시며 신문을 읽는 손님 뒤로 고흐를 그린 벽화가 눈에 띈다.
아래_ 플라 뒤 주르(오늘의 요리). 부담 없이 간단히 먹을만하다.

레스토랑 벽에도 메뉴에 대한 안내가 있다.

오귀스트 로댕 | **지옥의 문** | 제작 1880 – 1917년, 청동주조 1919 – 1929년 | 청동 | 635x400x85cm

로댕 미술관

Musée Rodin

지독히 인간적인 조각들

François Auguste René Rodin
1840-1917

지하철 13호선 바렌느Varenne 역에서 내려 앵발리드 대로Boulevard des Invalides를 따라 남쪽으로 걷는다. 오늘따라 오른편에 보이는 황금색 둥근 지붕이 유난히 반짝인다. 앵발리드 안에 있는 '왕립 교회'의 지붕이다. 앵발리드의 정확한 명칭은 '오텔 나시오날 데 쟁발리드Hôtel National des Invalides'로, 직역하면 '부상병들을 위한 국립 요양원'이다. 루이 14세가 부상당한 퇴역 군인들을 위해 지은 요양원으로, 지금은 앵발리드 안에 돔 교회와 생루이 교회, 군사박물관이 있다. 갑자기 목적지도 아닌 저 건물을 언급하는 이유는 단 한 가지, 저 찬란히 빛나는 돔 지하에 나폴리옹 1세의 관이 안치되어 있어서다. 한때 유럽을 제패했던 그가 이리도 가까이에 누워 있다니.

황금빛에 빠져 있는 사이 시내 관광버스가 횡단보도 앞에 정차한다. 버스 2층 앞자리는 전면 유리로 되어 있어 시내 풍경을 감상하기에 좋다. 부모님과 함께 왔다면 타보기를 권한다. 혼자라면 굳이 몇 만 원이나 지불하면서까지 탈 필요는 없다. 파리 면적은 서울의 6분의 1로 서초구와 강남구, 송파구를 합쳐놓은 것보다 작다. 게다가 유명한 관광지가 시내에 몰려 있어서 걸어서 둘러보거나, 버스-전철티켓 1일권을 구입해서 버스를 타고 돌아다니는 편이 낫다. 파리의 시내버스는 지하철보다 훨씬 쾌적하고 한국에 비하면 천천히 달리는 편이라서 버스 안에 앉아 충분히 창밖 풍경을 감상할 수 있다. 정류장을 잘못 내릴까 겁먹을 필요도 없다. 구간 사이 거리가 짧으니 걸어서 돌아오면 그만이다. 시선을 돌려 왼쪽 길가 모퉁이에 로댕 미술관이라고 쓰인 현수막을 바라본다. 오늘 방문할 곳이다.

로댕의 모든 것을 바친 로댕 미술관

예술가에게 자신의 이름으로 된 미술관이 생긴다는 건 정말 뜻깊은 일이다. 물론 흔한 일은 아니다. 미술관 건립을 추진하려다 행정기관과 마찰을 빚어 중도 포기하거나 자금 확보 문제로 공사가 중단되는 등 난항에 부딪친 작가들도 있다. 그렇다면 로댕은 어떻게 자신의 소유지도 아닌 곳에서 자신의 이름을 내건 미술관을 세우게 되었을까? 그것도 파리 시내 한복판에.

로댕이 비롱 저택에 머무른 건 1908년부터다. 1905년 비롱 저택의 소유권을 가진 프랑스 정부는 비롱 저택의 처분을 놓고 고민하는 동안 저택과 부속건물을 잠정적으로 예술가들에게 빌려줬다.

앵발리드 대로에서 바라본 로댕 미술관의 예배당 건물.

세입자들 중에는 문학가 장 콕도, 화가 앙리 마티스, 무용가 이사도라 던컨, 시인 라이너 마리아 릴케 등 유명인들이 포함돼 있다. 당시 로댕의 비서였던 릴케는 로댕에게 1층 남쪽에 있는 살롱(거실방)을 포함해 방 네 개를 빌릴 것을 권유한다. 로댕은 주로 뫼동 시에 있는 집, 브리앙 빌라에 거주하며 작품을 제작했는데 파리에 올 때면 이곳 비롱 저택에 머물면서 작업하거나 동료들과 토론도 하고 미술 애호가들에게 작품을 선보이기도 했다. 1911년 정부에 의해 다른 세입자들이 퇴거당하고 로댕 홀로 남게 되자, 이곳을 매우 좋아했던 로댕은 비롱 저택을 자신의 미술관으로 만들고 싶다고 프랑스 정부에 제안한다. 하지만 당시 로댕의 작품이 제대로 평가받지 못하고 있었기 때문에 찬반 의견이 엇갈리고 험난한 논쟁이 시작된다. 결국 몇몇 영향력이 있던 예술가와 문인, 언론의 지원 사격을 등에 업고 로댕 자신의 모든 작품을 국가에 기증하는 조건으로 1916년 12월 24일 로댕 미술관 건립이 확정된다. 인생 최고의 크리스마스 선물인 셈이다.

작품 기증은 세 차례에 걸쳐 진행되었다. 우선 자신의 조각 작품 6,500여 점과 데생, 수채화, 판화를 기증하고 그간 수집한 동시대 작가들의 작품과 사진, 유물까지 넘겼다. 마지막으로 소유권을 넘긴 것은 20년 넘게 거주했던 뫼동 시의 브리앙 빌라다. 1919년 마침내 그가 자신의 모든 것과 맞바꾼 로댕 미술관이 개관한다. 안타깝게도 로댕은 그 모습을 보지 못하고 개관 2년 전 세상을 뜨고 만다. 하지만 그의 이름을 딴 미술관 건립이 성공적으로 이루어졌고 1926년 문화재로 지정되어 보호 관리되는 등 지금까지 많은 사랑을 받고 있으니 얼마나 영광스러운 일인가.

로댕 미술관에는 비롱 저택, 조각 공원, 예배당 건물이 있다. 비롱 저택 1층에는 로댕이 기증한 자신의 작품과 카미유 클로델의 조각, 2층에는 로댕의 작품과 그가 수집한 동시대 예술가들의 작품, 유물 등이 상설 전시되고 있다.

비롱 저택의 이름은 18세기 중반 소유주였던 비롱 공작Louis-Antoine de Gontaut-Biron, 1700-1788의 이름에서 유래한다. 건물은 원래 18세기 초 아브라함 페렝크 드 보라라는 금융 기업인이 건축가 장 오베르에게 의뢰하여 당시 유행하던 로코코풍으로 지어졌는데 불행히도 건축주는 저택이 완공되기 두 해 전 사망한다. 이후 18세기 중반 비롱 공작이 저택을 매입하여 정원을 두 배로 확장하고 원형으로 된 연못(분수)을 파고 심혈을 기울여 정원을 단장한다. 비롱의 아름다운 정원이 알려지면서 지금까지도 비롱 저택이라 불린다.

미술관 입구가 있는 부속건물은 원래 예배당이었다. 1820년 비롱 저택의 마지막 개인 소유주였던 샤로스트 공작부인이 모든 재산을 예수성심수도회에 양도하자 수도회는 비롱 저택에 여학생 기숙학교를 세운다. 이 부속건물은 그 당시 수녀들의 예배당이었는데 1874년 네오고딕 양식의 대예배당으로 개축된다. 그리고 1905년 국가와 종교의 분리원칙에 따라 비롱 저택이 프랑스 정부에 귀속된다. 1919년 로댕 미술관으로 개관하면서 예배당 중앙에 있는 본당이 전시실로 바뀌었다.

현대에 이르러 또 한 차례 공사가 이루어져 예배당에 기획전을 여는 오디토리움, 아트숍, 안내홀, 매표소가 배치되는 등 지금의

예배당 건물에서 바라본 비롱 저택.

비롱 저택에서 바라본 예배당 건물.

남쪽 연못가에서 바라본 비롱 저택 .

남쪽정원 끝에서 바라본 비롱 저택.

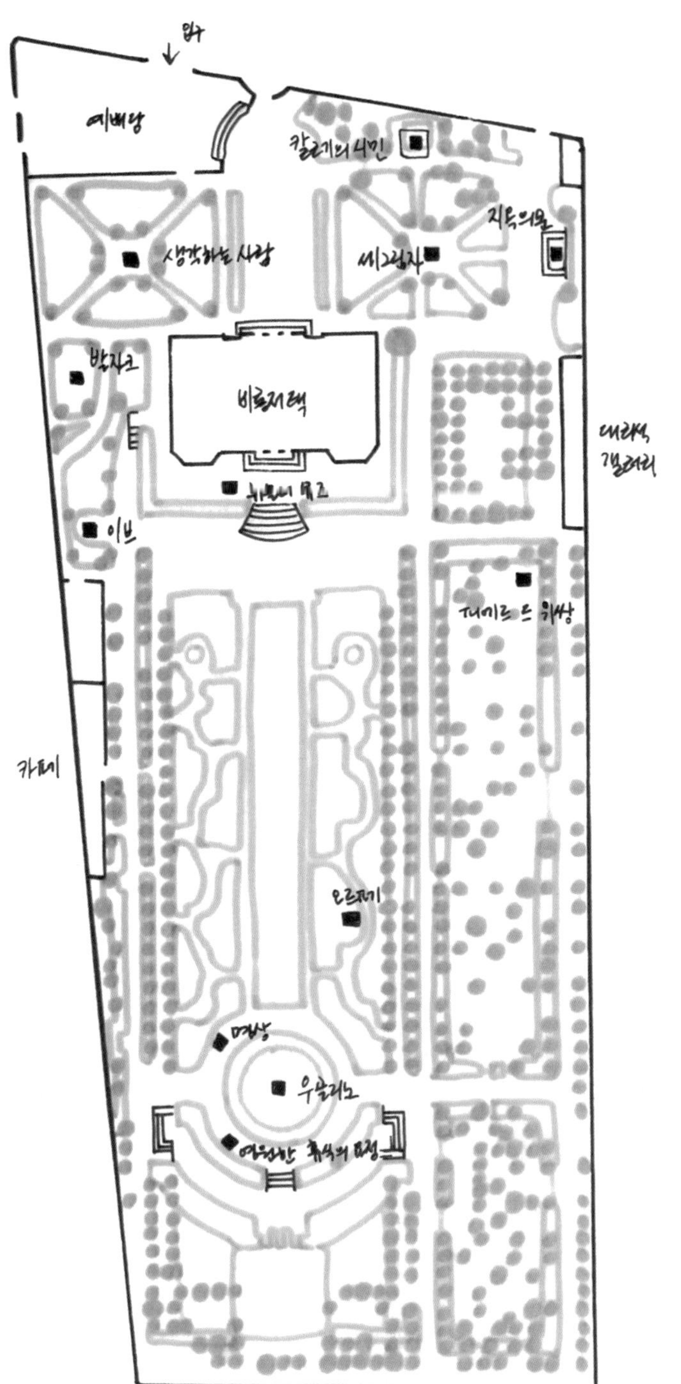
입구
예배당
칼레의 시민
생각하는 사람
세 그림자
지옥의 문
발자크
비롱저택
대리석 갤러리
빅토르 위고
이브
카페
피에르 드 위상
오르페
명상
우골리노
영원한 휴식의 요정

모습으로 새단장했다.

19세기에는 영적 세계로 인도하던 예배당이 21세기에는 로댕의 예술 세계로 인도하는 입구로 변신한 것이다.

로댕 미술관의 야외 조각 정원

로댕 미술관은 파리의 미술관 중 루브르와 오르세 다음으로 방문객이 많다. 미술관이 보유한 소장품도 큰 볼거리지만 3만 제곱미터에 달하는 야외 조각 정원이 아름답다. 처음 방문하는 사람이라면 당연히 비롱 저택의 상설 전시와 조각 공원, 예배당 건물의 기획전을 모두 관람해야겠지만 야외 조각 공원에 매료되어 다시 오고 싶다면 정원만 방문할 수 있다. 조각 정원 입장권을 별도로 판매하는 이유는 그만큼 정원을 찾는 재방문자가 많기 때문이다. 캬흐네carnet라고 해서 열 개의 입장권을 묶음으로 팔 정도니, 로댕 미술관에서 조각 정원의 가치가 얼마나 큰지 짐작할 수 있다.

조각 공원은 1993년 대대적인 보수공사를 실시했다. 정원의 조경을 비롱 저택이 건축된 18세기 모습으로 복구할 것인지, 로댕이 살았던 시절의 모습으로 복구할 것인지 여러 의견이 있었으나, 기존의 연못과 조경을 유지하면서 18세기 유행하던 자연주의 스타일로 만들자던 자크 스가르의 설계안이 채택되어 지금의 모습을 갖추게 되었다. 비롱 저택 북쪽엔 장미 정원이 있고, 로댕의 주요 조각 작품을 전시하고 있다. 저택 남쪽에는 잔디가 넓게 펼쳐져 있

동쪽 대리석 갤러리와 동남쪽 정원.

고, 그 끝에 연못과 나무 아치가 있다. 동쪽과 서쪽의 나무숲 사이로 로댕의 조각상들이 조화롭게 자리한다. 저택 동쪽에는 대리석 조각상 손상을 막고자 전면유리를 설치한 대리석 갤러리가 있다.

생각하는 사람, 그는 누구인가?

이제 미술관 탐방을 시작해보자. 줄 지어 서 있는 사람들을 뒤로

하고 뮤지엄 패스를 보여주며 입장한다. 매표소를 지나 안내 홀을 빠져나오니 두 개의 장미 정원 사이로 비롱 저택이 보인다. 비롱 저택에서 상설 전시를 관람한 후 조각 정원을 여유롭게 산책하려고 했지만, 오른쪽 장미 정원에 있는 한 남자의 유혹을 뿌리치지 못하고 다가간다. 로댕의 〈생각하는 사람〉. 원뿔 모양의 정원수 가운데 높이 앉아서 관람객들을 내려다본다.

이 작품은 1880년 처음 제작될 때 〈지옥의 문〉에 들어가는 여러 인물상 중 하나로 상단 부분에 배치할 계획이었다. 때문에 아래에서 위로 올려다보는 관람자의 시선을 감안해서 다리에 비해 어깨와 머리 비율이 크게 제작되었다. 당시에는 지금의 반도 되지 않는 크기로 제작되었다. 이 조각상은 비롱 저택의 전시실에서 만날 수 있다. 정원에 있는 이 작품은 독립된 조각상으로, 별도로 2미터가량의 높이로 제작해 1904년 살롱에 출품하고 2년 후 팡테옹 국립묘지 앞에 설치했다가, 1922년 로댕 미술관 개관 3년 만에 이곳으로 이전해왔다.

많은 유명 예술가들의 인생이 그렇듯 로댕도 쉽지 않은 초년 시절을 보냈다. 어려서부터 가난과 싸워야 했으며 에꼴 데 보자르 시험에 세 번이나 낙방한 데다 경제 상황도 열악하여 조각을 마음껏 할 수 없었다. 그런 그에게 30대 중반에 떠난 이탈리아 여행은 조각 인생의 전환점이 된다. 꿈에 그리던 이탈리아에서 미켈란젤로, 도나텔로 등 역사적인 조각가들의 작품을 직접 보고 깊이 연구하기 시작한다. 〈생각하는 사람〉이 미켈란젤로의 〈최후의 심판〉 지옥의 입구에 있는 겁에 질린 남자와 닮은 것도 그 이유다. 그러니 여행이라는 것이 예술가에게 얼마나 중요한지 새삼 깨닫는다. 로

좌_ **오귀스트 로댕 | 생각하는 사람** | 1903년 | 청동 | 18 x98x145cm
우_ 미켈란젤로 〈최후의 심판〉 중 일부분.

댕뿐 아니라 이전 화가들의 작품에서도 여행을 통해 얼마나 많은 성장과 변화가 있었던가. 굳이 멀리 해외에 나가서 장기간 공부를 하지 않더라도 잠깐이나마 여행을 통해 지금 내가 사는 곳과 전혀 다른 세계를 경험해보는 이유가 여기에 있는 듯 하다.

〈생각하는 사람〉 그에게 좀더 가까이 다가가보자. 오른팔 팔꿈치를 살짝 올라간 왼쪽 무릎에 기댄 채 늑골과 팔 근육이 강조되어 있다. 불편한 자세와 심각한 표정으로 무언가에 몰두하는 모습에서 그의 괴로움이 묻어난다. 무슨 생각을 하고 있을까. 원래 제목은 〈시인〉이었다. 이탈리아 중세 시대의 시인 '알리기에리 단테'다. 〈지옥의 문〉 상단에 생각에 잠겨 있는 창조자를 시인의 모습으로 표현했다. 원래의 〈생각하는 사람〉은 〈지옥의 문〉에 높이 앉아 지옥에 떨어진 추악한 인간들을 바라보는 작품이다. 하지만 홀로 떨어져 나온 〈생각하는 사람〉은 모든 창작자가 겪는 고뇌를 드러낸다. 사유하는 모습이 가장 창작자답기 때문이다. 로댕도 창작자이니 자신의 모습이기도 할 터. 그가 자신의 무덤에 〈생각하는 사람〉을 놓아달라고 유언한 것도 같은 이유일 것이다. 이 작품에 대해 얘기하려니 공원의 동선을 무시하고 반대편 동쪽에 있는 〈지옥의 문〉을 먼저 언급하지 않을 수 없다. 6미터가 넘는 키 큰 청동상이 멀리서 보아도 압도적이다. 〈지옥의 문〉으로 가보자.

지옥의 문, 로댕 예술의 집대성

〈지옥의 문〉 상단에 〈생각하는 사람〉이 앉아 있다. 그가 아비규환의 지옥을 내려다보고 있다. 꼭대기에는 〈세 명의 그림자〉가 서 있다. 1880년 프랑스 정부는 파리 장식미술 박물관 건립을 계획하고 로댕에게 정문으로 세울 청동 기념비를 주문한다. 로댕은 작업에 몰두하여 1880년대 중반에 주조 준비까지 해놓았지만 파리 장식미술 박물관 건립 계획이 변경되는 바람에 주문이 취소되고 만다. 로댕은 이를 자신의 개인적인 작품으로 삼고 평생을 바친다. 하지만 끝내 미완성으로 남아, 로댕 사후 9년이 지난 1926년에야 첫번째 청동상이 주조된다. 원래 장식미술 박물관이 세워질

〈지옥의 문〉 중 일부분이다. 꼭대기에 〈세 명의 그림자〉가 있음을 볼 수 있다.

자리에는 오르세 미술관이 들어섰고 석고로 만들어진 〈지옥의 문〉이 그 곳에 당당히 입성했으니 결국 제자리를 찾아간 셈이다.

이 작품을 이해하기 위해서 빠져서는 안 될 사람이 두 명 있다. 먼저 시인 단테다. 당시 로댕이 받은 조형물 주문서에는 단테의 〈신곡〉을 주제로 한 부조상이어야 한다는 지침이 있었다. 단테는 13세기 이탈리아 르네상스의 선구자로 독립운동에 가담했다는 이유로 추방되어 긴 유랑생활을 한다. 그리고 그가 겪은 정치적 체험을 바탕으로 지옥, 연옥, 천국 총 세권으로 나뉜 장편 서사시 〈신곡〉을 집필한다. 〈신곡〉은 정치적 격동기를 겪은 19세기와 20세기 프랑스를 비롯한 유럽에서 크게 유행한다. 들라크루아는 1822년 〈단테의 배〉라는 작품으로 살롱에 데뷔했고, 그 외 수많은 예술가와 문인들이 작품에서 〈신곡〉을 다루었다.

장식미술 박물관은 내란으로 불타버린 감사원 자리에 세워질 예정이었기에 〈신곡〉이 주제로 선정되었던 것이다. 로댕은 그중 지옥편을 선택하여 〈지옥의 문〉을 구상했다. 주문을 받고 1년여 시간을 〈신곡〉에 빠져 있었다고 한다. 평생을 바쳐 작업한 로댕의 〈지옥의 문〉을 제대로 이해하고 싶다면 단테의 『신곡-지옥편』을 읽어보는 것도 좋겠다.

또 다른 사람은 19세기 프랑스 미술을 얘기할 때마다 자주 등장하는 시인 보들레르다. 그는 비록 자유분방하고 방탕한 생활을 했지만 천재 시인이라 불릴 만큼 높이 평가받는다. 로댕의 〈지옥의 문〉을 구성하는 인물상은 보들레르의 첫 시집이자 대표작인 「악의 꽃」에 등장하는 인물을 형상화한 것이다. 제목에서 풍기는 분위기가 스산하다. 소제목을 살펴보면 우울과 이상, 파리 스케치,

포도주, 악의 꽃, 반항, 죽음으로 구분된다.[11] 단어만 보아도 지옥이 연상되면서 우울함이 물씬 풍긴다.

로댕은 피렌체의 세례당에 있는 기베로티의 〈천국의 문〉에서 영감을 얻어 문의 형상을 만들었다. 처음에는 여닫을 수 있게 구상했지만 주문이 취소되자 문의 기능이 필요 없게 되었다. 결과적으로 인물상들을 배치하는 데 이 편이 더 효과적이었다. 인물상들은 초기에 문에 배치하기 위해 만들었지만 이후 크기를 키워 독립된 조각상으로 분리되었다.

인물상들은 개별적으로 하나의 작품이기도 하지만 두 조각상이 결합하여 하나의 작품으로 만들어지기도 한다. 로댕은 해체하거나 조합하는 방식으로 작품을 만들었다. 하나의 완성된 작품이 그것으로 끝나지 않고 다른 작품과 결합하기도 한다. 변화에 무한히 열려 있다. 해체와 조합은 결국 배치의 문제인데, 넓은 의미로 보면 현대미술의 설치 작업과 크게 다를 바 없다. 지옥의 문에 대해서는 이외에도 할 말이 많지만 간단히 정리하자면, 로댕 예술 세계의 완결판이라고 할 수 있다.

청동시대, 의도하지 않은 노이즈 마케팅

로댕이 미술계에 이름을 알린 작품 〈청동시대〉 앞이다.

로댕은 30대 초반에 벨기에로 이주하여 건축 조형물 작업실에서 조수로 몇 년간 일한다. 그러던 중 미켈란젤로에 매료되어 이탈리아를 여행하고 브뤽셀에 돌아와 37세에 실제 크기의 남성 누드

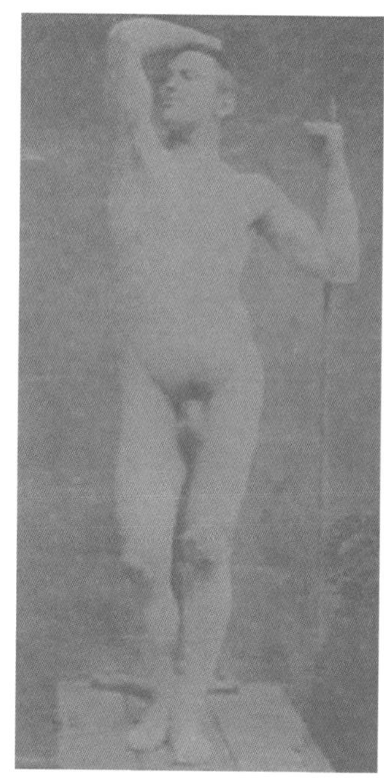

좌_ 오귀스트 네이가 포즈를 취하고 있다.
우_ **오귀스트 로댕** | **청동시대** | 1877년 | 청동 | 180.5x68.5x54.5cm

상을 제작한다. 이 작품을 무제(제목 없음)로 한 차례 브뤼셀 미술가 동인전Cercle artistique de Bruxelles에 전시했다가 이후 〈청동시대〉라는 제목으로 파리의 살롱전에 출품한다. 그런데 근육과 골격이 너무 섬세하고 사실적이어서 살아 있는 모델을 그대로 석고로 본을 떠 제작했을 것이라는 강한 의심을 받는다. 그래서 실제 모델이었던 벨기에 군인, 오귀스트 네이Auguste Ney의 누드 사진을 첨부하여 자신이 모델을 보고 연구하여 직접 만든 작품임을 증명해야만 했다.

이 스캔들로 작품은 오히려 유명세를 탄다. 의도하지 않은 노이즈 마케팅은 그에게 날개를 달아 주었다. 예술가로서는 거듭 좌절을 맛봤던 로댕이 이 작품을 계기로 비로소 미술계에 자신의 이름을 알리기 시작했고, 결국 〈지옥의 문〉 주문까지 받게 된 것이다.

〈칼레의 시민들〉, 노블레스 오블리주를 실현한 부르주아

〈칼레의 시민들〉이라 알려진 〈칼레의 부르주아〉는 로댕 미술관에 들어오지 않아도 바렌느 길 쪽으로 난 긴 유리창을 통해서도 볼 수 있다. 〈칼레의 시민들〉이 처음 대중에게 선 보인 건 1889년 조르주 프티 화랑에서 열린 모네와 로댕의 2인전에서였다. 이 전시는 화가와 조각가의 전시라는 점에서 큰 의미가 있었다. 둘은 동갑내기이면서 회화와 조각에서 각각 새로운 장을 여는 창작자였고 그들의 2인전은 대단히 성공적이었다.

작품 제목에 나오는 칼레는 프랑스 북쪽에 위치한 항구도시로 영국과 가장 가까이 있다. 이런 지리적인 여건 때문에 14세기 프랑스-영국간 백년전쟁 당시 두 국가의 전략적 거점이 되기도 했다. 당시 칼레 시민들이 단합해 영국의 공격에 끈질기게 항거했지만, 도시는 결국 1년여 만에 함락된다. 이 과정에서 화가 난 영국 왕 에드워드 3세는 칼레 시민 스스로가 그들 중 여섯 명을 골라 교수대에 매달지 않으면 시민 전체를 몰살하겠다고 명한다. 시민들은 제비뽑기를 할까도 생각했으나, 부유층 지도자 여섯 명이 자진해 나오면서 칼레 시민의 명예를 지켰다.[12]

오귀스트 로댕 | **칼레의 시민들** | 1889년 | 청동 | 219.5x266x211.5cm

1884년 칼레 시는 이 영웅들을 기념하고자 로댕에게 조각상을 의뢰한다. 그러나 로댕은 그들을 영웅으로서가 아닌 죽음에 나서는 순간 느꼈을 두려움과 슬픔, 그리고 인간적 고뇌와 갈등을 간직한 인물로 표현했다. 인체의 다른 부분에 비해 손이 크게 강조되어 인물의 감정을 두드러지게 표현했다. 게다가 조각상의 단을 세우지 않고 관람자의 시선과 같게 하여 그들 역시 관람자와 마찬가지로 한 인간이었음을 강조한다.

영웅의 모습을 기대했던 칼레 시는 이 조각상을 보고 매우 당황하여 한때 인수를 거부했다고 한다. 현재 칼레 시에 있는 작품과 로댕 미술관에 있는 작품은 모두 관람객의 시선과 같은 위치에 있다. 하지만 칼레 시에 있는 작품은 원래 단상을 만들어 설치했다가 로댕이 죽은 후, 대중에게 인정받은 후에야 작가의 의도에 따라 20에서 30센티미터 정도의 낮은 단 위에 설치하게 되었다고 한다.

〈발자크〉 추상조각을 예고하다

〈발자크〉의 시선이 먼 곳을 지긋이 내다보며 상념에 잠겨 있다. 발자크는 늦은 오후에 잠들어 밤 늦은 시간에 깨어나 커피를 40잔 이상 마셔가며 밤새 글을 썼다. 거의 늘 그렇게 살았다고 한다. 사실 나 역시 전시 일정이 많을 때는 밤샘을 밥 먹듯이 한다. 왜 유독 모두가 잠든 고요한 밤에 집중이 그리 잘 되는지 모르겠다. 그가 새운 수많은 밤이 얼마나 큰 의미가 있는지 나는 조금이나마 짐작할 수 있다.

로댕은 발자크상을 만들기 위해 그가 쓴 책을 탐독했다. 또 자주 가던 양복점에 찾아가 옷 치수까지 알아내어 누드 모형을 만들고 그 위에 여러 가지 옷을 입혔다. 로댕이 선택한 옷은 실내 가운, 바로 잠옷 가운이었다. 디테일이 돋보이는 외형보다는 발자크의 내면에 주목한 것이다.

인물의 외형을 표현하는 데 그치지 않고 내면을 담고자 했던 로댕. 그는 이 작품을 통해 추상조각의 시작을 예고한다. 표면적인

오귀스트 로댕 | **발자크** | 1898년 | 청동 | 270x120,5x128cm

아름다움만을 추구한 것이 아닌 주관적인 조각을 시작한 것이다. 조각이 더 이상 회화의 아류가 아님을 증명했으며, 조각가를 장인이 아닌 예술가의 반열에 올리는 데 일조했다. 그는 근대 조각의 진정한 선구자다.

그러나 추상 조각의 시초로 꼽히는 〈발자크〉는 프랑스 문인협회로부터 철저히 외면당했다. 〈칼레의 시민〉보다도 훨씬 싸늘한 혹평을 견뎌야 했다. 원래 발자크 사망 40주기를 기념하기 위해 프랑스 문인 협회가 조각가 앙리 샤퓌에게 주문했는데, 1891년 그가 사망하는 바람에 에밀 졸라의 추천으로 로댕이 맡게 되었다. 약 6년 동안의 씨름 끝에 로댕이 〈발자크〉를 완성하자 프랑스문인협회는 납기일이 지났다며 거부하더니 1898년 파리 살롱에 전시하자 프랑스 사실주의 문학의 선구자인 발자크를 영웅시하기는커녕 형체도 분명하지 않게 만들었다며 거센 비판을 쏟아냈다.

이 역사적인 기념상은 정치적인 논쟁에 휘말리기도 했다. 유대계 젊은 장교 드레퓌스가 스파이 행동을 했다는 누명을 쓴 드레퓌스 사건으로 프랑스 사회가 둘로 나뉘어 정치·사회적으로 혼란스러운 시기가 있었다.

당시 문인들의 혹평에도 불구하고 로댕의 발자크상을 옹호하고 청동상을 만들자며 모금 운동을 하던 에밀졸라를 비롯한 로댕의 친구 대부분은 이 사건에서 드레퓌스를 옹호했다. 반면 로댕은 그 반대편 입장이었다. 묘하게 난처해진 로댕은 조각상 착수금을 문인협회에 돌려주고 자신의 작품을 되찾아왔다. 결국 석고 조각인 〈발자크〉는 로댕이 사망한 후인 1939년 비로소 청동상으로 제작될 수 있었다.

조각의 원작은 꼭 하나일까?

입체로 된 조형예술 작품을 흔히 '조각'이라고 부르는데 '조소'라고도 한다. 조소는 조각과 소조로 나뉜다. 미켈란젤로는 "조각은 불필요한 부분을 깎아내는 작업이다."라고 했다. 이 말과 비교해서 설명하면 "소조는 필요한 부분을 덧붙이는 작업이다."

조각은 대리석이나 나무처럼 표면이 단단한 재료를 깎아서 만드는 것이고 깎아서 만들기 때문에 한 점의 작품만이 존재한다. 그런데 소조 작품은 조각가가 흙으로 형태를 빚은 후 석고상을 뜨고, 청동 주조소에서 주물 틀에 청동을 녹여서 부어 만들기 때문에 여러 번 반복해서 제작할 수 있다.

그렇다고 무제한 만들어낼 수 있는 것은 아니다. 총 열두 점(공공기관 여덟 점, 개인 네 점)을 원작(오리지널)으로 간주한다. 청동상은 제작비가 비싸 일반적으로 주문을 받은 후 주조되는 경우가 많고, 제작 과정에서 조각가 못지않게 주조소의 역할이 크므로 작가 서명 옆에 주조소의 이름이 표시되며, 그 옆에 번호로 에디션을 구분한다. 예를 들면 공공기관 주문의 경우 7번째 작품이라면 7/8 이라고 표기된다.

2016년 폐관된 서울 플라토 미술관에서 상설 전시한 〈칼레의 시민들〉은 12번째 에디션, 〈지옥의 문〉은 7번째 에디션이다. 현재는 호암미술관에서 보관중이다. 한때나마 로댕의 조각을 가까이서 볼 수 있었던 것으로 만족해야겠다.

금지된 사랑도 아름다워 보이게 만든 〈입맞춤〉

로댕의 또 다른 걸작 〈입맞춤〉으로 다가선다. 둘의 상체가 서로 대각선으로 기울어져, 전체적으로 구도가 안정적이며 균형미가 느껴진다. 아이러니한 것은 이 아름다워 보이는 연인이 실제로는 금지된 사랑을 하고 있다는 것이다. 마치 로댕과 클로델의 사랑을 보는 것 같다. 〈지옥의 문〉 왼쪽 하단에 있는 조각상을 독립시킨 작품으로 〈신곡〉의 지옥 편에 나오는 인물들이다. 파울로는 형수인 프란체스카와 사랑에 빠진다. 불륜의 사랑에 빠진 그들은 조반니에게 자신들의 사랑을 들키고 살해당한 후, 지옥에 떨어져 마지막 입맞춤을 하는 모습이다. 참 슬픈 이야기다. 마지막 입맞춤이라니.

로댕과 제자 카미유 클로델의 로맨스

로댕의 〈입맞춤〉이 그가 생각하는 클로델과의 사랑을 닮았다면 클로델의 〈중년, 성숙기〉는 그녀가 생각하는 사랑이다.

〈중년〉의 남자에게 어린 여자가 매달리고 그 남자는 나이 든 여자와 함께 가고 있다. 어린 여자는 로댕이 40대에 만난 클로델이고, 나이 든 여자는 로댕이 20대에 만난 로즈다. 로댕과 클로델은 처음 스승과 제자로 만났고 동료로 함께 작업하다가 연인으로 발전해 10년 넘게 깊은 관계를 유지했다. 젊고 예쁘며 조각 실력도 좋은 그녀를 사랑하지 않을 수 없었을 것이다. 특히 작업에 대한

오귀스트 로댕 | **입맞춤** | 1882년경 | 대리석 | 181.5x112.5x117cm

공감대가 크게 작용했을 것으로 보인다. 여성 편력이 심했던 로댕이 알려진대로 진짜 사랑한 여자는 클로델일까. 둘은 끝내 결혼은 하지 않았다.

그렇다면 진짜 로댕의 여자는 누구였을까? 로댕의 첫사랑이자 마지막 사랑이었던 로즈 뵈레다. 로댕은 20대 초반에 파리에서 재봉일을 하던 로즈 뵈레를 만난다. 순박한 그녀는 헌신적이었고, 고독한 로댕에게 큰 힘이 되었다. 아들이 태어난 후에도 로댕은 여러 여자와 염문을 뿌렸지만 로즈 뵈레는 그의 병든 부모와 로댕을 헌신적으로 돌봤다. 평생 동안 아무 조건 없이 자신을 지켜준 그녀에 대한 의리였을까? 로댕이 뇌졸중으로 쓰러지고 죽음의 문턱에 다녀온 후 로즈 뵈레의 온화한 사랑이 얼마나 값진 것이었는지 깨닫고 1917년 1월 29일 조촐한 결혼식을 올린다. 하지만 로즈 뵈레는 2주 후 사망한다. 그리고 이듬해 로댕도 세상을 떠난다.

카미유 클로델을 주인공으로 한 영화가 몇 편 있다. 그중 1988년에 제작된 이자벨 아자니 주연의 영화가 제일 마음에 와 닿는다. 이 영화는 카미유 클로델을 다시 생각하는 계기가 되었다. 사제지간의 사랑과 공동 작업은 둘 다 위험해 보인다. 클로델은 작품을 갈취당했다고 생각했다. 그렇게 생각할 만큼 그녀의 재능은 뛰어났다. 로댕과 결별하고 나서 한때 음악가 드뷔시와 사귀기도 했지만 결국 정신이상자가 되어 정신병원에서 여생을 보낸다.

사실 로댕도 비슷한 일을 겪었다. 젊었을 때 생계를 위해 카리에 벨뢰즈의 작업실에서 조수로 일했다. 작업은 자신이 했는데, 작품에는 스승의 서명이 새겨졌다. 급기야 어느 날 자신의 이름으로 서

명해 해고당하는 일까지 발생했다. 그리고 1873년 다른 작업자와 함께 독립하여 브뤼셀 공공 건물의 조형물 작업을 맡는다. 33세에 처음으로 자신의 작품에 이름을 남긴 것이다.

조각은 물리적 과정이 많아 조수들이 작업에 참여하는 경우가 많고, 특별한 경우 고난도 기술이 필요할 때는 숙련된 기술자의 도움을 받기도 한다. 하지만 작품은 구상한 작가의 것이다. 예술 작품에 있어서 정신적인 부분을 더 중요하게 생각하기 때문이다.

로댕과 카미유 클로델. 많은 걸 생각하게 하는 이름이다.

예술가는 예술가의 작품을 수집한다

로댕 미술관에는 로댕의 작품만 있을까? 그렇지 않다. 로댕은 경제적으로 안정된 시기에 많은 미술품과 유물을 수집했다. 비롱 저택에는 고흐의 〈탕기의 초상〉을 비롯한 다양한 회화가 전시되어 있다. 동료와 교환한 작품도 있다. 화가도 다른 화가의 작품을 종종 수집한다. 그 가치를 잘 알기 때문에 작품을 소장할 수 있는 기회가 오면 놓치지 않는다. 내 작품을 다른 화가가 수집한다면 나 또한 뿌듯할 것 같다. 미술평론가의 호평도 좋지만 동료 작가로부터 인정받는다는 건 또 다른 기쁨이다.

로댕의 컬렉션에 고흐의 〈탕기의 초상〉이 보인다.

정원의 카페에서 여유를 즐기며

비롱 저택의 관람을 마치고 조각 공원 서쪽에 있는 카페로 향한다. 실내 안쪽에 앉아서도 전면 유리를 통해 정원이 한눈에 보인다. 파리 시내를 거닐다 커피 한잔 마시러 그냥 들러도 좋다. 책 한 권 들고 나와 정원을 거닐다 벤치에 앉아 책을 보기도 하고, 연못가를 지나다 지루하면 조각 작품도 보며, 그렇게 한가로운 하루를 보내도 좋다.

카페에 앉아 전면 유리를 통해 정원 풍경을 감상할 수 있다.

Musée
GUSTAVE MOREAU

귀스타브 모로 미술관

Musée National Gustave Moreau

풍성한 예술 작품의 향연

Gustave Moreau
1826-1898

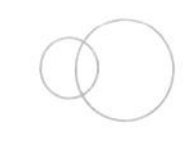

'픽뽀케. 픽뽀케'라는 단어가 귓가에 맴돈다. 전철을 탈 때마다 반복되는 안내 방송 때문에 노이로제에 걸릴 지경이다. 픽뽀케는 소매치기라는 영어 단어 "pickpocket"의 프랑스어식 발음이다. 소매치기가 있을 수 있으니 가방을 잘 간수하라는 내용이다. 그 소리도 지겹거니와 전철을 갈아타기도 귀찮아서 그냥 피갈Pigalle 역에서 내려 조금 더 걷기로 한다. 남자들이 파리에 오면 꼭 들른다는 그곳. 밤에는 화려하지만 낮 시간 역 주위는 한산하다.

파리의 건물은 대부분 베이지톤 석회암으로 되어 있다. 석회암으로 된 건물은 오래되어도 허름해 보이기보다 운치 있어 보인다. 나이가 들어 중후한 멋이 나는 중년의 신사처럼 특유의 묵직한 외벽은 파리 산책에 고즈넉한 멋을 더한다. 한참을 걸어 내려오니 이런 곳에 미술관이 있을까 싶을 만큼 좁다란 길가에 귀스타브 모로라고 쓰인 현수막 간판이 보인다.

저명인사의 집

미술관 입구에 모네의 집에서도 보았던 '메종 데 일뤼스트르Maison des illustres'라고 쓰인 붉은색 둥근 안내판이 붙어있다. '저명인사의 집'이라는 뜻이다. 정치, 사회, 문화, 예술 분야에서 활약한 사람의 집이나 성, 아틀리에, 미술관 등에 그들의 업적을 기리고 문화유산으로 보존하기 위해 프랑스 문화통신부가 부여하는 인증표다. 프랑수와 미테랑 대통령의 조카인 프레데릭 미테랑이 문화통신부의 장관으로 재임하던 2011년에 만든 제도다. 앞서 들렀던 모네의 집과 들라크루아 미술관도 '저명인사의 집'에 해당하며, 지금은 200여 곳에 이른다. 이 인증표가 부여된 곳은 수익창출을 목적으로 삼지 않고 연간 40일 이상을 대중에게 개방해야 한다. 그리고 학생들을 위한 현장학습 장소로도 자주 이용된다. 인증표의 유효기간은 5년이며, 수준 높은 프로그램을 유지할 경우 갱신이 가능하다. '저명인사의 집' 인증표가 붙어 있으면 믿고 방문해도 좋다.

상징주의의 선구자, 귀스타브 모로

사실 이 미술관은 방문하려고 마음먹었던 곳 중에서 가장 기대감이 덜했다. 올까 말까 망설이다가 시내를 배회하고서야 결심하고 들어왔다. 하지만 내 개인적인 취향과는 별도로 귀스타브 모로 미술관은 한 번쯤 와볼 만하다. 이곳에서 모로의 실제 작품들을 볼 수 있기 때문이다.

위_ '저명인사의 집' 인증표가 보이는 귀스타브 모로 미술관 입구.
아래_ 모네의 집 앞에 걸린 '저명인사의 집' 인증표.

화가의 생가에 원작이 전시되어 있는 경우는 흔치 않다. 유명한 작품들은 대부분 대형 미술관에 가 있다. 19세기 프랑스는 사회적으로 혼돈 상태였고 미술에도 변화가 많았다.

인상주의가 겉으로 보이는 표현 기법의 변화를 시도했다면, 상징주의는 소재나 주제 면에서 변화를 시도했다. 상징주의는 구체적인 사물이나 이미지로 죽음, 성, 환상의 세계를 상징적으로 표현하는 그림을 말한다. 상징주의는 미술 분야보다는 문학작품에 더 짙게 나타났는데, 상징주의 화가의 그림은 문학가에게 많은 영감을 불러일으켰다. 상징주의 미술의 선두에 귀스타브 모로가 있다.

귀스타브 모로는 샤세리오와 들라크루아의 영향을 많이 받았다. 샤세리오는 드로잉을 중시한 고전주의 대표 화가 앵그르의 제자로 신화와 성서의 이야기를 주로 그렸고, 들라크루아는 낭만주의의 대표 화가로 화려한 색채를 썼다.

이렇듯 고전주의와 낭만주의 화가로부터 영향을 받은 모로는 성서와 신화 속 이야기를 자신의 탁월한 상상력으로 때로는 신비스럽게 때로는 폭력적으로 그렸다. 곱고 환상적인 그의 그림은 당시 살롱과 같은 상류층의 사교 모임이나 소수의 매니아에게 환영받았다.

사실 그는 당대에 제대로 인정받지 못했고 대중적 인기도 높지 않았다. 고흐의 숙부가 운영하던 구필Goupil 화랑에서 개인전을 한 번 가졌을 뿐이다. 하지만 현실을 초월한 주제는 초현실주의에 큰 영향을 주었고, 초현실주의와 추상주의가 대두되면서 뒤늦게 가치를 인정받게 된다. 초현실주의 이론가인 앙드레 브르통은 모로의 그림을 극찬했다. 당시 화가들에게 그는 신비주의 콘셉트였다고 한다. 어느 부류에도 속하지 않고 홀로 나아가는 개인주의자였지만, 에꼴 데 보자르 재직 시절 자유로운 수업 방식과 자상함 덕분에 제자들에게 꽤 인기가 많았다고 한다. 마티스와 루오가 그의 제자다. 그는 루오를 특별히 아꼈고, 루오는 후에 귀스타브 모로 미술관의 초대 관장이 된다.

미술관 자체가 하나의 작품이 되다

귀스타브 모로 미술관은 화가 자신이 하나하나 직접 만든 미술관이다. 미술관 실내 자체가 그의 작품이다. 작품이 많이 팔리지 않아 그가 직접 소장한 작품이 많았고, 팔린 그림을 다시 사들이거나 다시 그린 작품도 꽤 있었다.

그는 인생 후반기 대부분을 미술관을 만드는 데 써가며 상당한 공을 들였다. 이 집은 부모님과 함께 살던 곳으로 아버지가 돌아가시자 자신의 사후 작품 보관을 고민하기 시작했다. 1890년 그의 뮤즈이자 오랜 친구였던 알렉상드린 뒤뢰마저 사망하고 홀로 남게 되자, 구체적인 미술관 건립 계획을 세우고 1895년 건축가 알베르 라퐁에게 의뢰해 실질적인 공사가 이루어졌다. 3년이 지난 1898년 귀스타브가 사망한 후 그의 재산을 상속받은 오랜 친구 앙리 뤼프가 모로의 집과 모든 유품을 국가에 기증하여 1903년에 미술관으로 개관했다.

1층에는 안내 데스크와 전시실이 있다. 2층에는 생활의 흔적이 보

3층 전시실의 나선형 계단과 2층 응접실.

이며, 3층과 4층에는 그의 작품 세계를 엿볼 수 있다. 회화 850여 점, 수채화 350여 점, 데생과 모사화 1만 3,000점 이상, 총 1만 4,000여 점이 있다. 개인 미술관으로는 상당히 많은 양이다. 모로를 알기에 이보다 더 좋은 공간은 없다.

안내 데스크가 있는 1층 전시실은 긴 보수공사를 끝내고 2015년에 다시 개방되었다. 주로 데생과 유화 작품을 전시한다.

2층에 들어서니 복도에 사진과 판화, 데생, 수채화가 걸려 있다. 침실은 원래 그의 어머니가 거실로 사용하던 곳이었는데 침대와 체스판이 놓여 있다. 로마에서 만나 한동안 친하게 지내던 드가가 그려준 그의 초상화도 걸려 있다. 그림 속의 모로는 19세기 부르주아들이 전형적으로 입었던 양복을 걸치고 중절모를 바닥에 내려놓은 채 앉아 있다. 그가 책을 읽고 글을 쓰고 친구를 맞이했던 응접실에는 벽난로와 책상, 책, 외국 여행에서 수집한 공예품, 생활용품 등이 있다. 식당에는 그릇류, 도자기, 접시 등이 장식되어 있다. 규방에는 알렉상드린 뒤뢰의 소장품과 모로의 그림들이 있다. 그의 수집품 중에는 일본 판화와 동양 자기도 있다. 거울, 촛대, 액자의 황금 테두리가 번쩍번쩍 빛나고 장식된 접시들의 문양이 정교하다. 상류층 집안답게 화려하고 값비싼 가구와 장식품으로 가득 차 있다.

3층과 4층은 전시 공간이다. 3층에 오르자마자 보이는 나선형 계단이 우아한 자태를 뽐낸다. 보기에는 참 예쁜데 회오리마냥 뱅글뱅글 돌아 올라갈 때 불편하고 어지럽기까지 하다. 입체 작품을 위한 유리 진열장이 가운데 놓여 있고, 대형 작품들이 벽을 빼곡히 채우고 있어 위압감마저 든다.

귀스타브 모로 | 제우스와 세멜레 | 1895년 | 캔버스에 유채 | 212x118cm

장 오귀스트 도미니크 앵그르 | 제우스와 테티스 | 1811년 | 캔버스에 유채 | 327x260cm | 그라네 미술관

가파른 나선형 계단 난간을 잡고 조심스레 위층으로 올라간다. 작품을 들고 오르내릴 때는 더 불편했을 것 같다. 내려갈 때는 좀 더 조심해야 한다.

집 분위기와 액자 역시 화려하다. 이것이 모로의 취향이다. 드로잉이나 수채화 같은 그림을 둘러싸고 있는 두껍고 화려하게 장식된 액자에 시선이 뺏긴다. 작품을 효과적으로 감상하기에 부적합해 보이기도 하지만, 작품의 배치 상태를 건드리지 않는다는 조건하에 국가에 기증했다고 하니 이제 와서 바꾸고 싶다 해도 소용없는 일이다.

그는 작품마다 일련번호를 매겨 치밀하게 작품을 관리했다. 작품의 배치 상태에서도 그의 완벽주의 성향이 그대로 드러난다. 작품을 관리하는 철두철미함은 화가인 나도 본받을 만한 점인 것 같다.

소품들은 그림 진열장에 보관되어 책처럼 꺼내볼 수 있다. 자세히 보면 그다지 넓지 않은 공간에 작품이 아주 많다. 드로잉 작품이 대부분이고 초대형 크기의 유화도 상당수 보인다. 일부는 디테일이 매우 섬세한 반면 미완성작도 많다. 그는 드로잉, 다시 말해 형태를 매우 중시해서 고치고 또 고치는 작업을 수없이 반복했다고 한다.

4층은 두 개의 공간으로 나뉜다. 계단을 오르니 가운데 정면에 보이는 그의 유작 〈제우스와 세멜레〉가 돋보인다. 그리스신화를 다룬 책에서 빠지지 않고 등장하는 그림이다. 이 그림의 주인공은 그리스신화에서 신과 인간을 통치하는 신들의 왕 제우스와 그가 사랑한 여인 세멜레다. 바람기가 많았던 제우스가 아내 헤라 여신을 두고 인간 세멜레와 사랑에 빠진다. 이 사실을 안 헤라가 분노하여 그 둘을 파멸시킬 음모를 꾸미는데, 결국 세멜레가 헤라의 꼬임에 넘어가 제우스를 의심하고 제우스에게 본래의 모습을 보여줄 것을 부탁한다. 부탁을 거절할 수 없었던 제우스가 번개로 변하자 인간 세멜레는 그 자리에서 타 죽고 만다. 그때 제우스가 세멜레로부터 태아를 꺼내어 자신의 허벅지에 넣고 꿰매어 달수를 채워 태어난 것이 술의 신, 디오니소스라는 이야기다.

1889년에 첫 스케치를 시작해서 6년 만에 완성한 작품이다. 두 인물뿐 아니라, 주변의 상징물 또한 섬세한 표현의 극치를 보여준다. 이 그림은 앵그르의 〈제우스와 테티스〉에서 구성을 차용했지만, 앵그르가 그린 제우스가 남성적인 반면, 모로가 그린 제우스는 여성성이 가미되어 신비스러운 분위기를 자아내고 있다. 화가 생애 마지막 작품이 긴 여운을 남긴다.

몽마르트 언덕, 전쟁의 상처를 보듬는 사크레 쾨르 성당에서

환상의 세계에서 빠져나와 미술관을 나선다. 그리고 파리에서 가장 높은 언덕, 몽마르트로 향한다. 집값이 저렴해 예술가들이 모여들었다던 유서 깊은 달동네에 관광지 느낌이 물씬하다. 줄지어 들어선 기념품 가게에선 곳곳에 경찰이 서 있음에도 지나칠 정도로 호객 행위를 하며 행인의 발길을 가로막는다.

몽마르트 언덕에 왔으니 들러야 할 곳이 있다. 바로 사크레 쾨르 성당이다. 이 성당은 프랑스인들에게 매우 특별하다. 프로이센(지

사크레 쾨르 성당 앞 언덕에서 바라본 파리 풍경.

금의 독일)과의 전쟁(보불전쟁)에서 패한 후 자존심에 큰 상처를 입은 프랑스인들이 전쟁배상금 50억 프랑을 독일에 지불하고 따로 성금을 모아 40여 년에 걸쳐 완성했다. 한국이 IMF가 터졌을 때 금 모으기 운동을 했던 것처럼 그들도 국가를 위해 국민이 스스로를 위로하고 각성하는 의미에서 뜻을 모은 것이다.

피부색도 머리카락색도 다른 이들이 여기저기 일행들과 성당 앞에 앉아 파리 시내를 내려다본다. 에펠탑의 전망대에서 바라보는 모습과는 또 다른 분위기를 연출한다. 한숨 돌리고 잠시 쉬어 가야겠다.

몽마르트 언덕에 가니 사크레 쾨르 성당의 숨은 이야기가 떠오른다.

Paris
그랑팔레
쁘띠팔레
께브랑리
퐁피두
베르사유

3부

공간의 미술관

건축의 미를 따라

베르사유 성

그랑 팔레 국립갤러리 / 프티 팔레 파리시립근대미술관

퐁피두 센터

케 브랑리 미술관

LOUIS XIV
1638 - 1715
ROI DE FRANCE
ET DE NAVARRE
1643 - 1715

베르사유 성

Château de Versailles

숨 막히는 화려함의 전당

파리의 미술관이 인기가 많은 이유는 소장품의 가치가 높기도 하지만 건축물의 아름다움 때문이기도 하다. 공간 자체만으로도 볼거리가 넘치는 미술관이 어디일까? 고심 끝에 내가 첫번째로 선택한 곳은 베르사유 성이다.

베르사유 성으로 가기 위해 샹드막스 에펠탑Champ de Mars Tour Eiffel 역에서 RER C번을 탔다. 런던에 2층 버스가 있다면 파리에는 2층 전철이 있다. 일명 '에르 으 에르'라고 부르는 고속전철이다. 2층 전철을 타면 꼭 위층에 자리를 잡는다. 2층 버스도 신기한데 2층 전철이라니. 위에서 내려다보는 풍경은 아래층의 그것과는 또 다르다.

맞은편에 브라질에서 온 듯한 사람들이 앉아 있다. 다른 좌석에 앉은 이들도 들뜬 표정으로 기념 촬영을 하느라 정신없는 걸 보니 대부분 관광객인 듯하다. 그들의 왁자지껄한 사진 놀이에 나도 덩

달아 기분이 고조된다.

한 시간이 채 되지 않아 고속전철이 베르사유 역에 가까워지자 사람들이 문 앞에 나와 대기한다. 전철이 멈추자 문을 여는데 열림 버튼이 빽빽했는지 순간 당황하는 눈치다. 파리의 전철문은 수동이다. 열림 장치는 버튼식과 걸이식으로 되어 있어, 전철이 정차하기 전에 미리 준비하는 편이 좋다. 버튼식의 경우 전철이 정차하기 직전에 버튼을 누르고 있으면 역에 도착한 후 문이 부드럽게 열린다. 정차한 이후 열림 장치를 작동시키면 장치가 빽빽한 느낌이 드는데 문이 덜커덩하고 열리기도 한다. 걸이식은 걸이를 위로 올리면 된다. 남자들은 대수롭지 않을 수 있지만 난 처음에 문을 못 열어서 당황한 적이 몇 번 있다. 한국의 전철문은 모두 자동이라, 스스로 문을 열어야 하는 방식에 익숙하지 않은 이들은 특히 당황할 수 있다. 전철 문 바로 앞에 있는 상황이라면 미리 문 열 준비를 하는 게 좋다.

역에서 내려 사람들을 따라 걷는다. 길도 모르고 지도도 없지만 불안하지 않다. 관광객이 갈 곳은 한 곳뿐일 테니 그냥 따라가면 된다. 지나가는 길목의 상점에서 관광엽서와 마스코트를 보며 여유롭게 길을 걷는다. 드디어 널다란 광장에 이르자 루이14세 기마상이 나오고 그 뒤로 어마어마하게 길게 늘어선 줄이 보인다. 이미 각오했다. 베르사유 관광은 되도록 주말은 피하는 게 좋다. 월요일은 휴무란 사실을 잊지 말자.

베르사유 성은 크게 성과 정원, 왕의 여인들이 머물렀던 공간 그랑 트리아농Grand Trianon과 프티 트리아농Petit Trianon으로 나뉜다. 정원은 와본 적이 있으니 오늘은 성을 집중적으로 돌아봐야겠다.

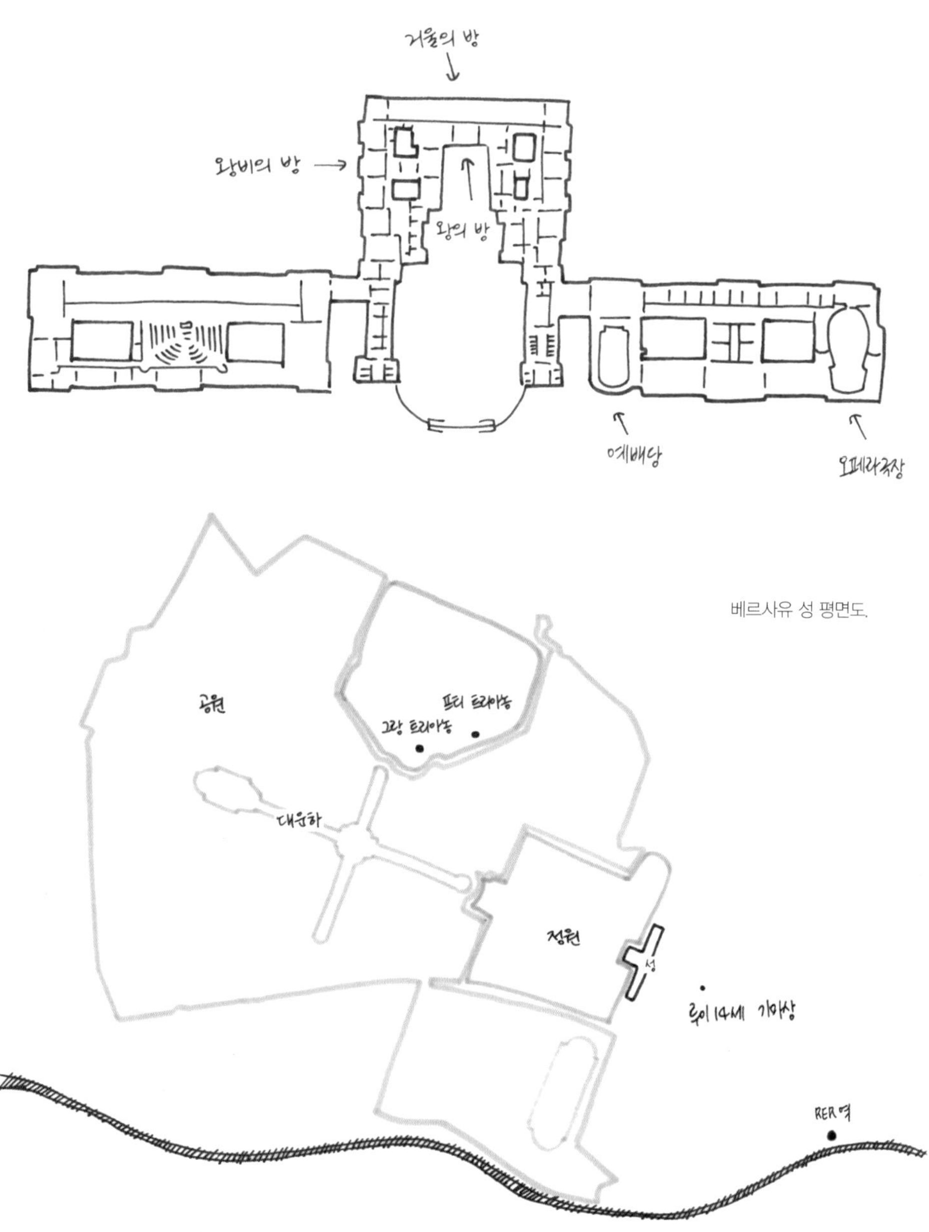
거울의 방
왕비의 방
왕의 방
예배당
오페라극장
공원
프티 트리아농
그랑 트리아농
대운하
정원
성
루이 14세 기마상
RER 역

베르사유 성 평면도.

베르사유 성 앞에는 대표적인 관광지인 만큼 늘 사람이 많다.

뮤지엄 패스로 입장이 가능하고 오디오 가이드도 무료다. 반갑게도 한국어를 포함해 중국어, 일본어 등 총 11개의 언어가 지원된다. 모바일폰용 어플은 무료로 다운받을 수 있는데 현재 불어와 영어, 스페인어 버전이 있다.

사냥 별장에서 유럽 최고의 궁전으로!

베르사유 성은 원래 루이 13세Louis XIII,1601-1643가 사냥하러 나올 때 머물던 오두막 수준의 소박한 별장이었다. 소박하다 못해 너무 초라해서 '카드로 지은 성'이라 불리기도 했다. 이후 아들 루이 14세가 1668년부터 점차적으로 증축하여 1682년에는 궁정 귀족들과 행정부까지 이곳으로 옮겨왔다.

루이 14세가 아버지가 지어놓은 건축물을 허물고 새로 짓는 대신 증축을 선택한 데는 다양한 해석이 있다. 루이 13세에 대한 존경의 표현이라는 말도 있고, 베르사유를 한시라도 떠나고 싶지 않았기 때문이라는 주장도 있다. 당시 전쟁에 상당히 많은 자금이 필요했던 때라 새로 짓기에는 재정상의 문제가 컸으리라는 의견이 가장 설득력 있어 보인다. 좁은 방이 연이어 붙어 있는 답답한 구조를 보면 화려함을 사랑했던 루이 14세의 취향과 사뭇 반대되는 느낌도 들어 흥미롭다.

베르사유가 실제로 왕의 거처로 사용된 기간은 매우 짧다. 루이 14세는 왕비가 죽은 후 거처를 루브르에서 베르사유로 옮겨 33년을 지냈는데 뒤를 이은 루이 15세는 곧바로 파리의 궁으로 되돌

클로드 르페브르 | 루이 14세 초상화 | 1670년경 | 유화 | 196x155cm

아갔다.[13]

루이 14세가 루브르에서 베르사유로 이주한 데에는 어린 시절 겪은 '프롱드의 난'이라고 불리는 귀족의 대반란 때문으로 짐작된다. 귀족들이 연합하여 재상이었던 쥘 마자랭Jules Mazarin, 1602-1661에 대항하는 5년간 루이 14세는 생명의 위협을 느끼며 이리저리 피해다녔다. 더 이상 파리의 궁이 싫어졌을 수 있다.

1661년 당시 재무장관이었던 니콜라 푸케의 아름다운 성 '보 르 비콩트Château de Vaux-Le-Vicomte'를 방문한 루이 14세는 질투심에 사로잡혀 베르사유 성의 대대적인 증축을 결심한다. 푸케의 성을 만든 당대 최고의 전문가들이 그대로 베르사유에 합류한다. 건축가 루이 르 보Louis Le Vau와 망사르Mansart, 궁정화가 샤를 르 브룅, 조경사 앙드레 르 노트르가 그 주역들이다. 이후 루이 16세 집권 시기까지 53년에 걸쳐 부분적인 공사를 거듭하여 유럽 최고의 호화로운 성의 모습을 갖춘다.

왕과 귀족의 전유물이었던 베르사유의 화려한 역사는 프랑스 혁명 후 막을 내렸다. 1830년 옥좌에 오른 프랑스의 마지막 국왕, 루이 필리프Louis-Philippe가 베르사유를 '프랑스 역사박물관Musée de l'Histoire de France'으로 개조하면서 현재까지 6만여 점의 작품을 소장한 박물관으로 그 찬란한 전통을 이어오고 있다.

왕을 찬양하는 예술 실험 공간

자, 이제 성으로 들어가보자. 황금문을 지나 건물 오른쪽 입구로 들어가 오디오 가이드를 대여한다. 가장 먼저 도착한 곳은 예배당이다. 왕이 아침에 일어나 미사를 드리던 곳이다. 종교가 갖는 엄숙하고 검소한 이미지를 생각하니, 이 화려함이 경이로우면서도 낯설다.

예배당을 지나 전시실에 들어서니 루이 14세의 초상화가 걸려 있다. 멋진 의상과 포즈에서 왕의 자신감이 한껏 묻어난다. 베르사유 성에 출입하던 귀족들이 옷값 대다가 망했다는 우스갯소리가 있는데 정말 그림 속 의상의 화려함이란 이루 다 말할 수 없다. 그

왕의 침실 모형과 식탁.

림을 자세히 보니 긴 머리 가발에 스타킹처럼 몸에 딱 붙는 바지, 그리고 회갈색 구두 위 빨간 장식술이 눈에 띈다. 신발이 참 예쁘다. 디자인이 간결하면서도 액센트가 있고, 빨간 굽이 인상적이다. 디자인은 남자 구두 같지만 굽 높이가 여성 하이힐과 맞먹는다. 여기서 루이 14세가 하이힐을 신었다는 말이 나왔나 보다.

이 멋진 청년은 다섯 살에 왕이 되어 사춘기인 열 살 때부터 반란군을 피해 다니다가 파리로 환궁했다. 그는 과연 무슨 생각을 했을까? 게다가 친부가 마자랭일지 모른다는 소문에 시달리며 태생마저 의심받았다. 마자랭이 죽은 후 친정을 시작하고 절대왕정을 확립한 것은 어쩌면 그에게 선택이 아닌 생존의 문제가 아니었을까. 그래서 자신과 같은 공간에서 귀족들을 감시하고 관찰하고 통제하기 위해 그들을 성으로 불러들이고 서열을 체계화하여 서로 경쟁하게 만들지는 않았는지.

왕은 자신과 매순간 같이 할 수 있는 권한을 서열에 따라 엄격히 구분해놓았다. 에티켓이라고 부르는 궁중예법도 루이 14세 때 틀이 잡혔다. 왕이 부여하는 권한 중 가장 재미있는 것은 용변 칙허장이라는 것이다. 그것은 왕이 '똥.누.실.때' 방에 들어올 수 있는 허가증인데, 그런 모습을 보는 게 특권이라니 참 별일이다. 그런데 자신은 방에서 용변을 보면서 궁을 출입하는 5,000여 명의 사람들에 대한 배려는 눈곱만치도 없다. 아름다운 성에는 어울리지 않는다며 따로 화장실을 만들지 않았다. 결국 정원이 화장실이 되어버렸는데 덕분에 잔디와 화초들은 잘 자랐겠지만, 당시 궁을 출입하는 사람들은 정말 곤란했겠다. 오죽하면 사람들이 정원이나 건물 으슥한 곳 여기저기에 볼일을 봐놔서 용변 볼 만한 곳을 안내하는 표지판이 만들어졌을까. 이 표지판에 써 있는 대로 지킨다는 뜻에서 에티켓이라는 말이 생겼다고 한다.

왕은 또한 왕권강화에 예술을 이용했다. 왕이 중앙집권화를 추구하는 것은 예술이 통일성을 강조하는 것과 같은 맥락이다. 그 시대 예술은 왕을 찬양하는 선전도구에 지나지 않았다. 그림의 주인공은 신에서 왕으로 바뀌었고, 신화가 아닌 역사를 다루었으며 문학과 연극에서도 왕을 칭송했다.[14] 왕은 발레 무대에서 태양왕으로 분장하고 직접 연기에 나서기까지 했다. 단순한 취미라기보다 이미지 메이킹에 가깝다. 예술이 정치에 이용되는 사례는 한국 역사에도 있다. 순조의 아들로 3년간 대리청정을 한 조선의 23대 왕 효명세자도 왕권강화를 위해 궁중무용을 창작했다.[15] 그들에게 궁은 왕권 강화를 위한 예술 실험 공간이었다.

눈을 감아도 빛이 보이는 곳, 거울의 방

여러 전시실을 돌아보다가 드디어 거울의 방에 도착한다. 벽과 천장이 거울로 된 이 방은 베르사유 성에서 가장 큰 공간으로, 그 길이가 무려 75미터에 이른다. 1668년 르 보가 만든 긴 테라스를 10여 년이 지난 후 망사르가 회랑으로 만든 것이다.[16] 운동회를 해도 될 만큼 넉넉한 크기다. 578개의 거울로 장식되어 햇볕이 창으로 들어오면 오색영롱한 빛을 뿜어내는 이곳은 대규모 연회가 열리거나 외국 대사를 접견하는 장소로 사용되었다.

이 방은 특히 역사적인 사건이 많이 얽혀 있다. 나폴레옹 3세

거울의 방. 햇빛이 들이치는 방의 전경이 신비롭다.

거울의 방 창문 너머로 베르사유 정원 풍경이 펼쳐진다.

가 프로이센과의 전쟁에서 패하자 1871년 1월 프로이센의 국왕 빌헬름 1세가 이 방에서 황제 즉위식을 치루었고, 제1차 세계대전을 마무리한 베르사유조약도 이 방에서 체결되었다. 거울의 방은 이처럼 프랑스 역사의 절정기와 치욕의 순간을 동시에 기억하고 있다.

거울의 방 창문 앞쪽에는 정원과 연못 그리고 화단이 한 폭의 그림처럼 펼쳐진다. 잡초와 잡목으로 우거진 단지 늪지대였던 이곳에 화단, 오렌지 온실, 분수, 운하를 건설하기 위해 프랑스 전 지역에서 흙과 나무를 수레로 운반해왔다. 병사를 포함해 수많은 인력이 동원된 대공사는 무려 40여 년 만에 마무리되었다고 하니 프랑스는 뭔가 만들었다 하면 몇십 년이 기본이다. 물론 몇십 년에 걸쳐 만들어 몇백 년, 몇천 년 동안 남길 수 있다면 투자할 가치는 충분하다.

역사박물관에 현대미술을 초대하다

다시 베르사유 성에 대한 이야기로 돌아가자. 무엇보다 주목할 만한 것은, 이 역사적인 유적에서 해마다 현대미술을 선보이고 있다는 점이다. 이곳에서 2008년 〈제프 쿤스 베르사유Jeff Koons Versailles〉라는 제목으로 키치와 팝아트의 대가인 제프 쿤스 개인전이 열렸다. 반대 의견이 컸지만 당시 베르사유의 총책임자이자 전 문화부 장관이었던 장 자크 아야공Jean-Jacques Aillagon의 적극적인 추진으로 결국 제프 쿤스는 자신이 선별한 17점을 베르사유 성에 전시하는 데 성공했다.

프랑스 역사의 상징인 베르사유에서 상업성 짙은 미국 출신 작가의 팝아트 작품이 전시되었으니 반대 여론이 생길 만한다. 일부에서는 제프 쿤스 작품의 컬렉터인 프랑스 재벌 사업가 프랑수아 피노François Pinault가 전시비용 190만 유로 중 80만 유로를 후원한 것을 두고 이 모든 것이 제프 쿤스의 작품 값을 올리려는 게 아니냐는 비판도 제기되었다. 전시 장소가 작품 값에 영향을 미칠 수 있기 때문이다. 이런 의도적인 기획은 충분히 가능한 일이다. 참고로 장 자크 아야공은 프랑수와 피노 소유인 팔라조 그라시 미술관Palazzo Grassi 관장을 지냈을 만큼 피노와 절친한 사이였다.

이 전시를 시작으로 베르사유 성은 매년 현대미술전을 열고 있다. 2010년에는 일본의 팝아티스트 무라카미 다카시가 일본 만화풍의 팝아트 작품을 전시했고, 2014년에는 이우환의 전시회가 있었다. 2015년에는 영국의 아니쉬 카푸어Anish Kapoor의 여성 성기 모양을 연상시키는 〈더러운 구석Dirty Corner〉이라는 제목의 설치 작품을 선보여 큰 화제가 되기도 했다. 이렇듯 베르사유는 현대미술의 대열에 부지런히 합류하고 있다.

카페 안젤리나를 지나며

최근 더 놀라운 일이 생겼다. 정부 지원금 삭감으로 재정난이 심각해지자 베르사유 성은 한동안 사용하지 않던 저택 하나를 약 20개의 객실과 최고급 레스토랑을 갖춘 호텔로 바꾸기로 했다. 베르사유가 진화하고 있다고 말해야 할지 돈 앞에선 모두 약자라고 해야 할지 모르겠다. 어차피 큰 비용을 치러야 할 테니 나와는 거리가 먼 얘기지만, 왕의 거처에서 왕처럼 지낼 수 있는 특별한 경험이 가능해졌다.

한참을 걷고 나니 어딘가에 앉아 목을 축이며 쉬고 싶다. 하지만 베르사유 성에는 카페 안젤리나와 카페 도를레앙 두 곳밖에 없어 앉을 자리를 찾기가 쉽지 않다. 어디로 가야 할까.

앉을 자리를 찾지 못해 안젤리나 카페의 스탠딩 테이블에 자리를 잡았다.

그랑 팔레 국립갤러리
프티 팔레 파리시립근대미술관

Galeries Nationales du Grand Palais
Musée des Beaux-Arts de la Ville de Paris

영감이 넘치는 기획전을 찾아서

그랑 팔레와 프티 팔레가 위치한 파리 8구를 향해 센 강변을 걷는다. 곧 윈스턴 처칠 동상이 시야에 들어오고 강쪽으로 고개를 살짝 돌리니 알렉상드르 3세Pont Alexandre III 다리가 보인다. 센 강에서 가장 화려하다. 다리 양끝 기둥에 황금빛 날개를 단 천마상이 위엄을 드러내고 아기천사 청동상들이 눈길을 끈다. 유래를 보면 당시 국가 간 힘의 관계가 잘 드러난다.

1882년 독일이 이탈리아 오스트리아와 3국 동맹을 맺자 여기에 따돌림을 당한 두 나라 프랑스와 러시아가 1892년 '러시아-프랑스동맹'을 맺는다. 이후 전 세계의 이목이 집중된 만국박람회 때 러시아 황제의 이름을 따 보란 듯이 이 다리를 개통한다. 이른바 일진들에 대해 왕따가 선사하는 상큼한 복수극의 산물이라고나 할까.

알렉상드르 3세 다리.

이쯤에서 만국박람회에 대해서 알고 넘어가야겠다. 만국박람회를 요즘은 엑스포라 부르는데 나는 왠지 백년도 넘은 오래된 행사에는 촌스러운 이름이 더 잘 어울리는 것 같아 만국박람회라는 명칭을 더 선호한다.

19세기 당시 만국박람회는 각국의 문화와 산업 기술을 소개하고 교류하는 장으로 인기가 높았다. 더욱이 주최국은 국가적인 행사로 띄워 성공적으로 개최하는 데 국력을 집중했다. 그래서 여러 행사 관련 건축물과 기념 조형물을 많이 세웠다. 알렉상드르 3세 다리를 비롯해 그랑 팔레, 프티 팔레, 오르세 역도 바로 1900년 만국박람회를 위해 세워졌다.

사실 1900년 파리 만국박람회는 한국에도 뜻깊은 행사였다. 처음으로 대한제국의 문화와 문물이 전시된 한국 전시관이 생겼기 때문이다. 프랑스가 주도하여 경복궁의 근정전과 위패를 모시는 사당이 세워졌고 명성황후의 조카 민영찬이 건축 장인 두 명을 데리고 와 이 행사에 참여했다고 하니 의미 있는 일이 아닐 수 없다. 원래 한국 전시관 후원자였던 그레옹 남작이 고종의 여름 궁전과 인천 제물포의 조선인 골목을 재현하려고 했는데 갑자기 사망하는 바람에 이 계획이 무산될 위기도 있었다. 다행히 프랑스 정부가 새로운 후원자 미므렐 백작을 찾아내었고 비록 규모가 예정보다 3분의 1로 축소되었지만 한국관이 생긴것만으로도 얼마나 다행인가.

> 그랑 팔레 국립갤러리, 쁘띠 팔레 파리시립근대미술관

알렉상드르 3세 다리의 화려함에 취해 걷다 보니 어느덧 두 개의 건축물 앞에 도착했다.

다리에서 쭉 이어지는 윈스턴 처칠 거리avenue winston churchill의 왼쪽에는 그랑 팔레, 오른쪽에는 프티 팔레가 있다. 박람회를 위해 지어진 전시용 건축물로, 그랑 팔레는 '대大전당', 프티 팔레는 '소小전당'으로 해석된다. 전시장 규모에 따라 대규모 국제적인 전시는 주로 그랑 팔레에서 열린다. 파리지앵이 자주 찾는 이유이기도 하다.

샹젤리제 대로에서 바라본 그랑 팔레.

그랑 팔레의 입구는 세 곳이다. 첫 번째 입구를 보니, 오늘따라 주차장을 방불케 한다. 며칠 후에 있을 피악FIAC, Foire Internationale d'Art Contemporain-Paris 전시로 곳곳에 미술품을 운반해온 운송 차량들이 있다. 프랑스 사람들은 피악을 세계 3대 아트페어라고 말하고 다른 이들은 4대 또는 5대 아트페어라고 하기도 한다.

하지만 아무리 양보해서 5위 안에만 들어도 그게 어디인가? 그랑 팔레는 피악의 주 전시장이다. 가을에 파리를 찾는다면 피악 기간에 맞추어 방문하는 것도 좋겠다. 21세기 미술계에서 프랑스의 입지가 19세기 때만큼은 못하지만 그래도 파리는 여전히 파리다.

그랑 팔레는 '그랑 팔레 국립갤러리 Grand Palais des Beaux-Arts'와 '발견의 전당'이라는 과학박물관으로 구성된다. 하늘에서 내려다보면 H 형태의 모양을 하고 있다. 정면과 후면 그리고 중간 부분 세 곳을 각기 다른 건축가가 설계하여 개성을 뽐내면서도 조화를 유지한다.

프티 팔레와 마주보고 있는 정면은 이오니아식 기둥이 우아함을 더하고 중앙 홀의 돔은 철과 유리로 지어졌다.

이 시기에 지어진 건축물에는 철과 유리가 많이 쓰였는데, 이는 당시 철강 산업과 유리 산업이 매우 빠른 속도로 발전했음을 보여준다.

> 그랑 팔레 국립갤러리, 프티 팔레 파리시립근대미술관

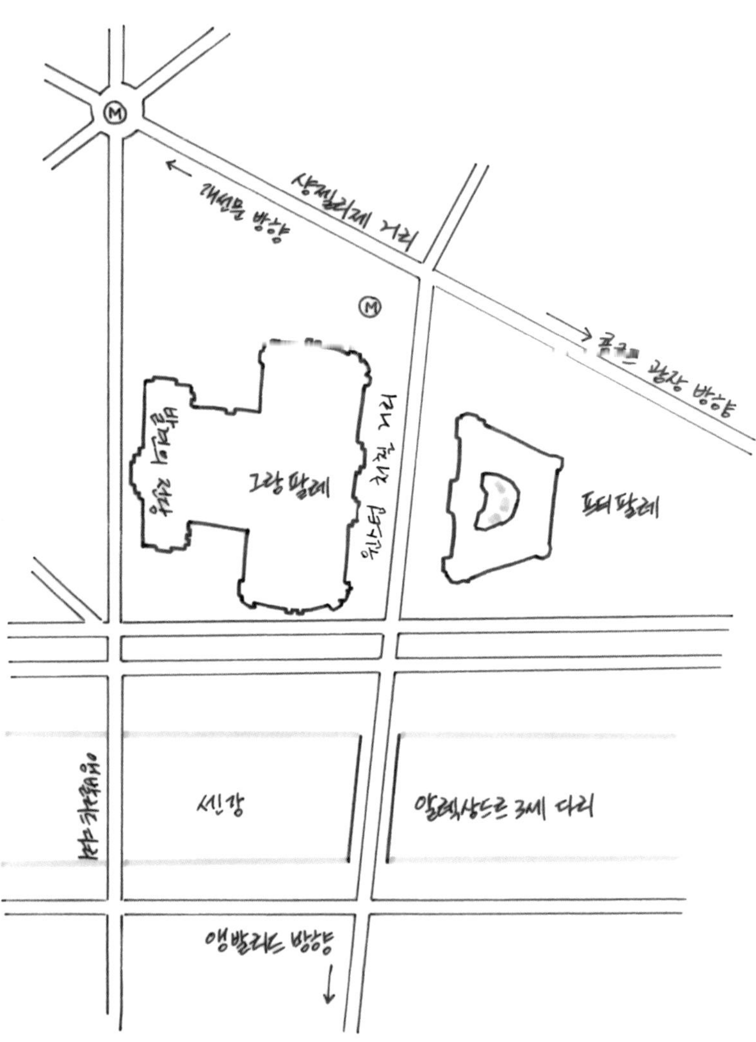

M
샹젤리제 거리
개선문 방향
M
콩코드 광장 방향
그랑 팔레
윈스턴 처칠 거리
프티 팔레
센강
알렉상드르 3세 다리
앵발리드 방향

모퉁이 쪽 입구에 긴 줄이 있다. 그랑 팔레의 두 번째 입구다. 오늘도 족히 몇십 명은 되어 보인다. 그 모퉁이를 돌자 장 페랭 광장 Square Jean Perrin이 나온다. 나도 저 긴 줄에 동참했던 적이 몇 번 있다. 나의 절친 오드레의 성화에 못이겨 중국과 관련한 전시가 있을 때 이곳을 처음 찾았다. 평일에 왔는데도 100미터 넘게 줄을 서서 오랫동안 기다렸던 기억이 난다.

연간 40여 개의 국제전이 열리는데 그중 아시아 대가의 전시도 자주 있다. 그때마다 내 현지인 친구는 깊은 관심을 표했고, 나는 함께 가자는 그녀를 피하곤 했다. 내가 프랑스에 온 이유는 나와 다른 새로운 것에 대한 호기심이었는데 아시아 문화는 그런 나의 바람과는 거리가 멀었기 때문이다.

조금 더 걸으니 발견의 전당이라는 표지가 나오고 세 번째 입구가 보인다. 한때 특별한 인연으로 여러 번 온 적이 있다. 프랑스로 유학 와 3년째 되던 해, 우연한 기회에 여덟 살짜리 프랑스 남자아이 고티에Gautier를 하루에 한 시간씩 가르친 적이 있다. 프랑스어 문법 숙제도 도와주고 구구단도 가르쳤다.

사실 내가 가르쳤는지 고티에가 날 가르쳤는지는 비밀이다. 그 아이가 이곳을 무척 좋아해 몇 번 데리고 왔는데 나중에는 내가 이곳을 더 좋아하게 되었다. 일종의 과학박물관인데 놀이를 하면서 과학 지식을 습득할 수 있어서 흥미로웠다. 혹시 아이와 파리에 장기간 머물게 된다면 꼭 방문하길 권한다.

그랑 팔레의 청동 조각상과 이오니아식 기둥.

프티 팔레 상설전은 무료, 그라튀!

다시 윈스턴처칠 거리로 돌아와 맞은편 프티 팔레로 향한다. 황금빛 철문이 빛난다. 알렉상드르 3세 다리보다 더 샛노랗다. 혹시 진짜 황금으로 만들어진 건 아닌지 깨물어보고 싶을 정도다. 파리 시에서 관리하는 이곳의 정식 명칭은 프티 팔레 시립미술관 Petit Palais–Musée des Beaux-Arts de la Ville de Paris이다. 1,300여 점의 회화와 조각, 공예품을 소장하고 있으며 800여 점이 상설 전시되고 있

프티 팔레.

다. 물론 기획전도 열리지만 그랑 팔레보다 공간이 좁아 기획전 규모도 제한적이다. 유명한 작품이 많으므로 무료로 입장할 수 있는 상설전을 활용하면 좋다. 프랑스어를 모르더라도 이 단어 하나는 꼭 알아두자. '그라튀gratuit'는 '무료'다. 때로 '그라튀트gratuite'라고 써 있는 곳도 있다. 아는 게 돈이다. GRATUIT, GRATUITE. 꼭 기억하자.

샹젤리제 거리에 서서

프티 팔레에서 나와 윈스턴 처칠 길 방향을 따라 걷는다. 오른편 클레망소 동상을 지나니 샹젤리제 거리가 동서로 뻗어 있다. 동쪽 끝은 콩코드 광장이고 서쪽으로 쭉 가면 샹젤리제 거리를 지나 개선문을 만난다. 개선문을 중심으로 뻗은 방사형 대로는 나폴레옹 3세의 파리 개조사업 때 만들어졌다. 이전의 좁고 구불구불한 길을 이용해 혁명군들이 치고 빠지기를 반복하자 이 복잡한 길을 정비해서 군대가 쉽게 진격할 수 있게 만들고자 했다. 이유야 어찌 되었든 21세기 현재 이 길 위에 서 있는 나는 넓고 탁 트인 도로가 시원해서 좋다.

상젤리제 거리에서 콩코드 광장을 바라본다. 넓고 시원하게 뻗은 길이 인상적이다.

MARCEL DUCHAMP
DUCHAMP

퐁피두 센터

Centre Pompidou

유럽 최고의 현대미술 복합 공간

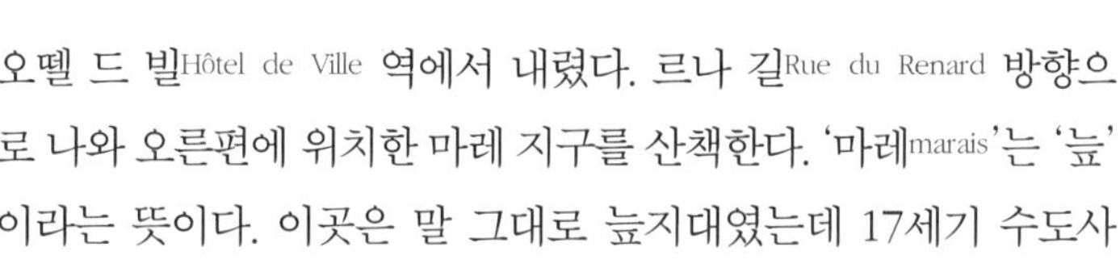

오텔 드 빌Hôtel de Ville 역에서 내렸다. 르나 길Rue du Renard 방향으로 나와 오른편에 위치한 마레 지구를 산책한다. '마레marais'는 '늪'이라는 뜻이다. 이곳은 말 그대로 늪지대였는데 17세기 수도사들이 개간하기 시작해 18세기에는 귀족의 호화로운 주택들이 들어섰다.

19세기부터는 신흥부자들이 이곳에 자리 잡았다. 그 이후 수공업자들이 모여들어 지금은 공방, 갤러리를 포함한 독특한 상점과 다양한 테마의 소규모 미술관들이 있다.

르나 길을 나와 북쪽으로 올라가니 왼편에 퐁피두 센터가 보인다. 건물을 돌아 퐁피두 광장에 도착하니 젊은이들이 삼삼오오 모여 앉아 있다. 모두들 편안해 보인다. 퍼포먼스를 하며 관광객의 눈길을 끄는 이들부터 자신의 음악을 즐기는 거리의 악사까지 저마다 자유롭고 개성있는 모습으로 광장을 즐기고 있다. 여름에는 앉을 자리가 없을 정도로 젊은이들에게 인기가 많다. 나는 대학원에 다닐 때 이곳을 자주 찾았다. 전시를 보러 오기도 했지만 공공정보도서관Bibliothèque publique d'information에서 자료를 찾거나 공부를 하기 위해서다.

하루는 분실물에 대한 안내 방송이 나왔다. 올라오는 계단 쪽에 작은 가방이 하나 놓여 있으니 그것을 속히 찾아가라는 방송이었다. 몇 차례 같은 방송이 반복되더니 급기야 그 가방에 폭발물이 들어 있을지 모르니 조용히 나가란다. 책을 보던 사람들은 잠시 두리번하더니 침착하게 짐을 챙겨 조용히 밖으로 빠져나갔다. 깜짝 놀라 긴장한 이는 나뿐이었다. 폭탄 해체 전담팀이 다녀가고 아무것도 아님이 확인되자 사람들은 다시 안으로 들어갈 수 있었다. 너무도 침착한 프랑스인들의 행동이 참 인상적이었다.

퐁피두 센터, 그 도전적이었던 시작

2017년, 올해로 개관한 지 40년이 된 퐁피두 센터. 하지만 건물 뼈대를 그대로 드러내고 있어 아직 완공이 안 된 것인지, 아니면 보수 중인지 모호하다. 철골과 유리벽으로 지어진 센터 외관과 내부 공간에 설비 배관이 그대로 노출되어 있다. 광장 쪽에서 바라보면 사람들의 이동 경로를 한눈에 관찰할 수 있어 재미있다. 광장 반대편인 르나 길 쪽에는 다양한 설비와 장비, 그리고 배관이 있다. 외벽 배관의 색채가 매우 강렬하게 다가온다. 빨간색은 엘리베이터나 에스컬레이터처럼 사람을 이동시키는 순환, 노란색은 마레 지구의 소담한 풍경.

CHEZ HÉLÈNE
28

GALERIE DE THORIGNY

GALERIE MAUBERT
GALERIE MAUBERT

보부르 길에서 퐁피두 센터를 바라본다. 뼈대가 드러난 모습이 이질적이면서도 조화롭다.

전기의 순환, 그린은 물의 순환, 블루는 냉난방 같은 공기의 순환을 나타낸다.

건축 당시 기존 건축과는 다른 획기적인 모양을 두고 "원유정제소raffinerie de pétrole라는 비아냥을 들으며 논란의 중심에 섰지만 오늘날은 현대 건축의 모델이자 아이콘으로 인정받는다. 40여년 전에 저런 도전적인 건축 디자인이 시도되었다니 지금 봐도 놀랍다.

퐁피두 센터는 1969년 파리 재개발 계획의 일환으로 시장터에 건축되었다. 국립 근대미술관MNAM과 기획 전시실, 음악창작 센터, 산업디자인 센터, 2,200명을 수용할 수 있는 도서관, 상영관, 공연장, 컨퍼러스 룸으로 구성된다. 정식 명칭은 조르주 퐁피두 국립문화예술센터centre national d'art et de culture Georges-Pompidou로 퐁피두 센터를 기획한 조르주 퐁피두 대통령 이름을 붙였다.

마그리트와 몬드리안, 근대작품의 풍성함

퐁피두 센터에 위치한 국립 근대미술관은 프랑스 3대 국립 미술관 중 하나로 1905년 이후 작품 10만여점을 소장하고 있다. 팔레 드 도쿄에 있던 국립 근대미술관 소유의 마티스, 보나르, 피카소 등 유명 작가의 작품과 퐁피두 센터 개관 이후 수집한 키리코, 마그리트, 몬드리안, 잭슨 폴록, 앤디 워홀 등 현대미술 작품이 더해져 풍성한 컬렉션을 자랑한다. 나는 주로 국제적인 기획전이 열릴 때 전시장을 찾았지만 상설전도 가볼 만하다.

미술관 서점은 언제나 즐겁다

이곳에 왔으니 오늘도 1층 서점으로 향한다. 한쪽엔 예쁘고 아기자기한 팬시 용품과 문구류를 팔고, 다른 한쪽엔 미술 신간을 비롯한 예술 관련 잡지들이 진열되어 있다. 유학 시절 도서관에서 공부를 할 때도 빠지지 않고 들렀던 곳이 바로 퐁피두 센터의 1층 서점이다. 보면 다 사고 싶고 갖고 싶었지만 비싼 미술책을 마음껏 사들이기엔 주머니 사정이 여의치 않았다. 지금도 틈만 나면 미술책을 사 모은다. 사실 그 책들을 다 읽지는 못한다. 조금 보다 말 때도 있고 나중에 볼 때도 있고 한참이 지나서 정독하는 경우도 있다. 하지만 새 책을 사서 책장에 꽂아놓고 쳐다보는 것만으로도 뿌듯하니 어쩌랴.

한번은 책장에서 비싼 책값 때문에 도서관에서 중요한 부분만을 복사해놓은 자료를 발견한 적이 있다. 순간 마음 한 구석에 아쉬움과 애잔함이 밀려왔다. 복사하지 못한 앞뒤 내용이 궁금하기도 하지만 책값 때문에 고민했던 학생 때 모습이 생각나서였다. 명품이나 화장품 쇼핑도 좋지만, 한국에는 없는 예쁜 그림 책이나 미술 책에 관심을 가져보면 어떨까? 외국어로 된 책이 낯설고 어렵게 느껴질 수 있지만, 예술 서적에 실린 작품 사진들을 보는 것만으로도 충분히 가치가 있을 것이다.

퐁피두 센터 1층 내부 전경.

스트라빈스키 분수, 보부르 카페

퐁피두에서 나와 왼쪽으로 돌아 스트라빈스키 분수로 향한다. 오늘도 여전히 분수 안 모빌 조형물들이 물을 내뿜으며 즐겁게 돌아간다. 형상도 재미있고 색깔도 원색으로 다양하게 채색되어 있다. 즐겁게 감상할 수 있는 조형물들이 분수를 가득 채우고 있다.

숙소로 돌아가기 위해 역으로 가는 길. 보부르 카페Cafe Beaubourg 테라스를 지난다. 프랑스 맥주, 크로넨버그를 시켜놓고 친구들과 열띤 수다로 저녁시간을 즐기는 파리지앵들이 보인다. 퐁피두 센터와 광장을 조망하기 좋은 곳이다. 찬바람이 살살 불어와도 여전히 테라스 자리는 인기가 많아 빈자리가 별로 보이지 않는다. 부럽지 않은 척 흘낏 엿보며 역으로 향한다. 갑자기 한국에 있는 친구들이 보고 싶어진다. 선선한 바람이 부는 파리 이곳에서 나도 친구들과 함께 수다 떨고 싶다.

1층 서점 입구와 보부르 카페.

케 브랑리 미술관

Musée du Quai Branly

마음이 노니는 미술관 산책

에펠탑을 어슬렁거리다 센 강을 거슬러 올라 브랑리 강변Quai Branly을 다시 찾았다. 케 브랑리 미술관으로 가는 중이다. 내가 파리에서 가장 사랑하는 곳이다. 살짝 뒤를 돌아 사진을 찍어보니 기하학적인 구조물 위에 철탑이 하나 걸려 있다.

미술관이 개관한 후로 고풍스런 건축물 사이로 쭈뼛 서 있는 에펠탑은 더 이상 외롭지 않다. 유리와 철골 구조로 만들어진 케 브랑리 미술관이 에펠탑과 환상의 조화를 이루기 때문이다. 소설가 모파상은 에펠탑을 몹시 싫어하여 파리에서 유일하게 에펠탑이 안 보이는 에펠탑 밑 식당을 찾던 그가 지금 살아 있다면 마음을 바꿔 케 브랑리 미술관 레스토랑에서 에펠탑을 바라보며 식사를 할지도 모를 일이다.

에펠탑의 '에펠'은 이 탑의 건축 설계자인 귀스타브 에펠Gustave Eiffel의 이름이다. 그는 철근 골조 전문 설계자로, 미국의 독립 100주

좌_ 낮에 바라본 에펠탑. 우_ 밤의 에펠탑이 케 브랑리 미술관과 조화로워 보인다

년을 기념해 프랑스가 선물한 뉴욕의 자유의 여신상 설계에도 참여했다. 나 역시 에펠탑을 처음 보았을 때 크게 실망했다. 건축 당시에도 주위 경관과 어울리지 않는다는 이유로 반대 여론이 심했다. 계획 당시에는 철거될 수 있다는 전제하에 건축되었지만 통신용 무전탑과 방송용 송신탑으로 사용하게 되면서 가까스로 철거 위기를 모면했다. 현재는 300미터가 넘는 탑 꼭대기에 120여 개의 전파 안테나를 설치해 관광 명소 외에도 파리에서 중요한 역할을 하고 있다.

이 미술관은 1995년 자크 시라크 대통령의 문화 정책 중 하나로 추진되어 11년의 공사 기간을 거쳐 2006년에 '케 브랑리 미술관'으로 개관했다. '케 브랑리'는 미술관이 위치한 '브랑리 강변도로'를 뜻한다. 설립 당시 자크 시라크 대통령은 미테랑 도서관이나 퐁피두 센터, 샤를 드골 공항처럼, 기념비적인 건축물에 자신의 이름을 남기지 못했다. 하지만 이후 그의 기여도가 인정되어 2016년 개관 10주년을 맞이해 '케 브랑리-자크 시라크 미술관'으로 명칭이 변경되었다.

프랑스의 대표 건축가 장 누벨Jean Nouvel과 정원 설계사 질 클레망Gilles Clément, 식물학자 파트릭 블랑Patrick Blanc의 협업으로 이루어진, 자연과 건축이 하나가 된 도심 속 정글, 케 브랑리 미술관으로 들어가보자.

원시의 공간, 케 브랑리 정원

케 브랑리 미술관에는 전시관과 테라스, 행정동, 미디어테크가 있다. 10여분쯤 걷다 보니 행정동 건물이 나타난다. 창문이 없었더다면 건물인 줄 몰랐겠다. 면적이 800제곱미터에 달하는 벽이 온통 전 세계 150여 종의 식물로 뒤덮여 있다. 식물학자인 파트릭 블랑이 설계한 것으로 벽을 땅 삼아 자라는 '수직 정원jardin vertical'이다. 행정동 건물이 완성된 후 2년간 다양한 실험을 거쳐 적정한 수분 공급과 배수 장치를 만들어 벽에서 식물이 자랄 수 있게 했다고 한다. 감탄이 절로 나온다.

곧이어 정글 같은 정원이 유리벽 너머 자태를 드러낸다.

위_ 케 브랑리 강변 도로에서 바라본 수직정원.
아래_ 아담과 이브가 튀어나올 것만 같은 원시적인 정원 풍경.

위_ 비 올때 특히 더 분위기 좋은 쉼터. 기하학적인 모양의 창과 자유롭게 배치된 조명을 담으려고 한참을 카메라와 씨름했다.
아래_ 대학로 편 정원에서.

미술관 담이 유리벽으로 되어 있어 강변 도로를 지나는 사람도 정원을 함께 즐길 수 있다. 차가운 느낌의 철골과 유리 구조물이 의외로 정원과 잘 어울린다. 길게 이어지는 높은 유리 담장에 전시 정보가 크게 적혀 있고 출입구 옆에는 미술관 안내 정보가 쓰여 있다. 출입구는 센 강 반대편 대학로Rue de l'Université 쪽에 세 곳이 더 있다. 이 동네에 사는 주민들은 미술관 정원을 개인 정원처럼 산책할 수 있어 좋겠다.

미술관에 전시된 작품들을 감상하지 않고 정원과 건축물을 돌아보기만 해도 충분히 의미 있는 곳이다. 더욱이 정원 입장권이 따로 없어서 센 강변을 지나다가 몇 번이고 들어올 수 있어 더 좋다. 정원만 보려 해도 입장료를 따로 받는 로댕 미술관을 떠올리면, 케 브랑리 미술관의 정책이 더 흡족해진다..

풀 냄새 풀풀 나는 정원에 들어서니 마치 이브가 되어 원시림을 걷는 기분이다. 혹시 어딘가에 있을 아담을 찾아보려고 정글을 헤집고 다닌다. 걷다 보니 내가 과연 대도시 한복판에 있는 게 맞는지 현실감이 무뎌진다. 인공미가 특징인 일반적인 프랑스 정원과 달리 초자연적인 분위기를 자아낸다. 주 출입구에서 출발해 시계 방향으로 걸으면 아담한 쉼터가 나온다. 기하학적 모양의 창과 조명이 멋지게 배치된 곳으로, 부모와 함께 산책 나온 아이들이 부산스럽게 뛰어다녀도 뭐라 하는 사람 하나 없다.

케 브랑리의 정원은 1만 8,000제곱미터에 이르는 넓은 면적에 나무 169그루와 30여 종의 식물들이 빼곡히 들어 서 있다. 필로티 구조로 된 전시관 아래로 굽이굽이 산책로가 펼쳐지고 그 옆으로 매표소와 함께 영화 상영이나 콘서트 같은 야외 행사가 펼쳐지

벽을 두지 않고 기둥으로만 설계된 필로티 구조다. 그래서인지 풍경이 더 시원해 보인다.

는 초목 공연장théâtre de verdure이 이어진다.

케 브랑리 정원을 후회 없이 즐기려면 최소한 세 번은 방문해야 한다. 한 번은 날씨가 화창한 낮에, 또 한 번은 비가 오는 날에, 나머지 한 번은 밤 9시 15분까지 개장하는 목, 금, 토 중에 들러보길 바란다. 맑은 날에는 에덴동산의 이브가 된 것처럼 정원을 산책하고, 비 오는 날에는 쉼터에 앉아 비에 젖은 갈대와 참나무, 단풍나무를 감상해보자. 밤에는 정원 곳곳에 설치된 막대 조명 1,200개가 뿜어내는 빛과 그것이 건물에 투영하는 풍경을 즐기자. 유로 한 푼 쓰지 않고 이보다 더 낭만적인 시간이 있을까? 케 브랑리 정원이라면 결코 후회할 일은 없다.

하루 종일 정원에서 노닐고 싶지만 미술관에 왔으니 전시관에 발도장이라도 찍어야겠다. 약간의 의무감을 안은 채 전시관을 향해 간다. 매표소를 지나 서점과 전시관 사이로 들어서니 입구가 나온다.

미술관을 설계한 장 누벨은 프랑스의 대표 건축가로 삼성의 리움미술관 설계에도 참여했다. 장 누벨은 어려서 화가가 되고 싶었지만 부모의 반대로 건축가의 길을 걸었다. 화가를 꿈꾸던 건축가답게 그의 건축은 캔버스 대신 공간에 그려낸 그림 같다. 장 누벨의 누벨은 불어로 "새로운"이라는 뜻인데, 자신의 이름처럼 언제나 독창적인 건축을 지향한다. 2008년에는 건축계 최고 권위를 자랑하는 프리츠커상Pritzker Architectural Prize을 수상했다. 실력에 비해 너무 늦게 받은 것 아니냐며 아쉬워하는 목소리도 있다. 그러고 보면 근래에 지어진 파리의 미술관 중 프리츠커상을 받지 않은 곳이 거의 없다.

미술관 내부는 전시실 구획이 없고, 동선에 구애받지 않으며, 정글을 돌아다니듯 자유롭게 관람할 수 있다. 미술관의 테마가 곧 그 건축물의 콘셉트인 것이다. 북아메리카, 아시아, 오세아니아, 중남미 등 비유럽권 네 개 대륙의 신석기시대 유물부터, 사진, 식물, 조각상, 가면 등 원시미술에 이르기까지 다양한 전시를 볼 수 있다. 인류박물관과 아프리카, 오세아니아의 국립미술관에서 옮겨온 소장품에 개인수집가 자크 게스사슈의 소장품이 더해져 그 수가 대략 30만 점에 이른다. 한국의 유물로는 조선시대 궁중 의상을 비

전시관 입구와 서점 사이.

롯하여 700여 점이 있다. 프랑스 왕과 탐험가들에 의해 수집된 유물이 상당수를 차지하다 보니 제국주의의 산물이라는 비난을 받기도 한다.

소장품 중 3,500여 점은 상설 전시되고 나머지는 연간 10여 차례에 걸친 기획전을 통해, 때로는 외부 작품과 함께 선보인다. 또한 공연, 컨퍼런스, 아틀리에 수업, 상영 등 다방면에 걸친 프로그램을 통해 대중과의 소통을 꾀하고 있다. 나에게는 케 브랑리 미술관의 공간미가 가장 크게 다가왔지만 현지인에게는 이런 다양한 문화적 기회가 정원의 아름다움만큼이나 이곳을 찾는 중요한 이유가 될 것 같다.

브랑리 카페와 레종브르 레스토랑

케 브랑리에는 카페와 레스토랑이 있다. 간단히 요기를 하고 싶다면 브랑리 카페Le café Branly에 들러보자. 커피나 음료, 브런치 등을 부담 없이 즐길 수 있다. 혹시 조금 격식 있는 저녁 식사를 원한다면 레종브르 레스토랑Le restaurant panoramique Les Ombres이 좋겠다. 레종브르는 예약이 필수다.

파리까지 와서 비유럽권의 미술품을 보는 데 시간을 할애하기는 쉽지 않다. 하지만 케 브랑리의 정원 산책은 입장료도 필요하지 않으니 센 강변 산책 중 혹은 에펠탑을 지나는 길에 꼭 들려보길 바란다. 파리에서 가장 인상적인 곳이라며 나보다 더 케 브랑리 정원에 푸욱 빠져 매일 출근 도장을 찍게 될지도 모르니까.

레종브르 레스토랑과
카페 브랑리.

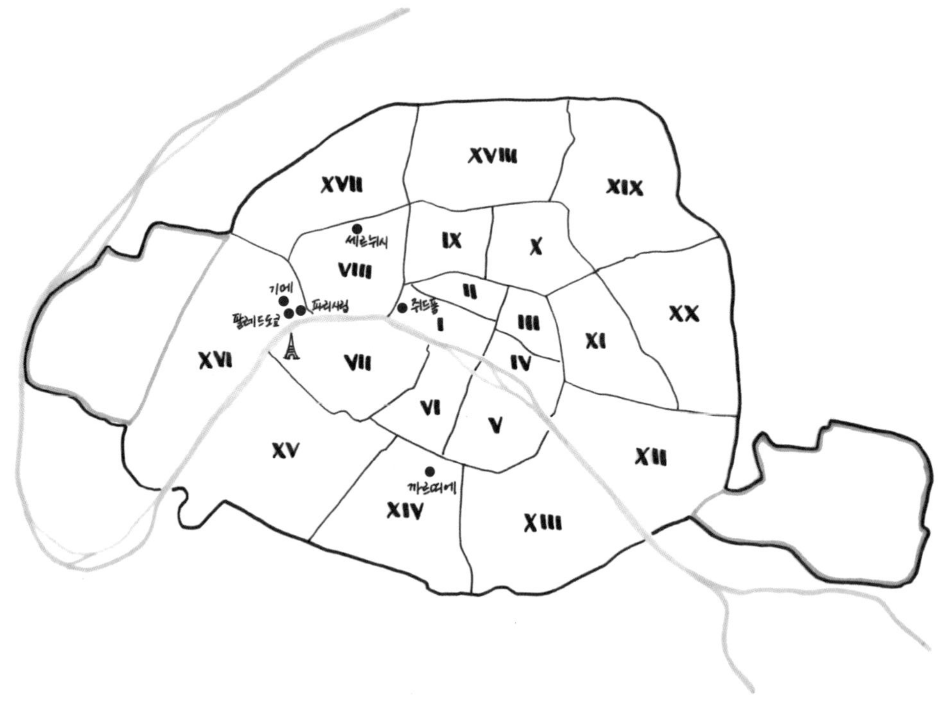
XVIII
XVII
XIX
세르누시
IX
X
VIII
II
기메
파리시립
팔레드도쿄
쥐드폼
I
III
XX
XVI
VII
IV
XI
VI
V
XV
XII
까르띠에
XIV
XIII

4부

파리지앵의 미술관

파리지앵의 발길을 따라

까르띠에 현대미술재단
쥐 드 폼 국립갤러리
파리시립근대미술관
팔레 드 도쿄
세르뉘시 미술관
기메 아시아 미술관

까르띠에 현대미술재단

Fondation Cartier pour l'art contemporain

신진 작가를 발견하는 즐거움

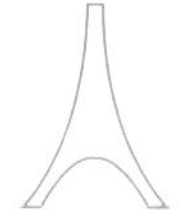

까르띠에 현대미술 재단은 보석과 시계를 만드는 까르띠에 회사가 1984년 재단을 설립한 뒤 1994년에 개관한 미술관이다. 여성들의 로망, 바로 그 까르띠에다. 유리와 철골로 지어진 외관을 보니 케 브랑리 미술관이 오버랩된다. 이 역시 장 누벨의 작품으로 개방감을 중시하는 건축가답다.

까르띠에 재단은 현재 300명 이상의 아티스트의 작품 1,400점 이상을 소장하고 있다. 주로 1960년대 이후 작품으로 생존하는 신진 작가의 독창성 있는 작품을 전시한다. 한국 작가로는 2007년 설치 미술가 이불의 전시회가 있었다.

전시실은 건물 1층과 지하에 있다. 미술가 로타 바움가르텐Lothar Baumgarten이 만든 야외 정원에서도 전시가 열리며 원형 계단에서는 다양한 공연과 행사를 개최한다.

까르띠에에는 회화와 조각을 비롯해 디자인, 사진, 비디오, 패션,

공연, 콘서트 등 장르를 넘나드는 창작 영역을 보여줌으로써 파리 시민의 잦은 발걸음을 유도하고 있다.

특히 한 달에 한 번, 지정된 토요일 11시와 오후 5시, 안내자와 함께 건축물을 둘러보는 '건축 방문VISITES ARCHITECTURALES' 프로그램을 눈여겨보자. 까르띠에 재단의 활동과 건축물에 대한 설명과 함께 일반인에게는 개방되지 않는 사무실도 공개한다. 다음에는 꼭 이 시간에 맞춰와야겠다.

휴관일인 월요일을 제외하고 평일 아침 11시부터 저녁 8시까지 개방하며 야간 행사가 있는 화요일은 밤 10시까지 연장한다. 저녁 8시면 미술관 폐장 시간치곤 황송하다. 파리지앵들은 대부분 저녁 6시면 일을 마치므로 퇴근 후 들르기 딱 적당한 시간이다. 좀 더 시민에게 다가가려는 노력이 엿보이는 대목이다.

몽파르나스 묘지에서 사색을

미술관이 11시에 문을 연다는 것을 깜박 잊고 내가 너무 일찍 나왔나보다. 굳게 닫힌 미술관 문을 뒤로하고 몇 발자국 걸어 나오니 바로 맞은편에 몽파르나스 묘지가 보인다. 이곳은 내 인생의 첫 프랑스 관광지다. 일부러 찾아서 방문한 것은 아니고 파리에 처음 왔을 때 이 근처 호텔에 묵게 되어 우연히 들러본 적이 있다. 빌딩 숲과 아파트 사이에 자리 잡아 산책하기 좋은, 말 그대로 공원묘지다. 야외 조각 공원과도 흡사하다. 이곳의 느낌을 한국에 계신 부모님께 전할 때 "파리는 묘지도 예술이에요."라고 했던 기

까르띠에 현대미술재단 입구.

억이 난다.

묘지 입구에 들어서자 안내소 외벽에 안내 지도가 걸려 있다. 유명인의 묘 위치가 지도에 표시되어 있다. 생전에 화려하게 빛난 어느 스타의 무덤가에는 아직도 그를 잊지 못하는 팬들의 흔적이 고스란히 남아 있다. 그런가 하면 어떤 이는 흙먼지만 묘비에 가득히 쌓여 있다. "살아 있는 자보다 죽은 자가 복되다."라고 솔로몬이 삶의 허무를 이야기한 것처럼 이렇게 수많은 묘비를 보고 있자니 만감이 교차한다. 다양한 삶의 끝에 제각각 죽음을 맞이하지만 그중에서 어떤 인생은 의미가 있고 어떤 인생은 의미가 없다고 누가 감히 말할 수 있겠는가.

몽파르나스 묘지에서 자신을 되돌아보게 하는 사색의 시간을 갖는다.

좌_ 몽파르나스 묘지의 장 폴 사르트르와 시몬느 드 보부아르의 묘.
우_ 조각가 세자르의 묘는 또 하나의 작품이다.

GARRY
WINOGRAND
14/10/2014
INVENTER LE POSSIBLE
UNE VIDÉOTHÈQUE ÉPHÉMÈRE
14/10/2014
Eszter Salamon
Eszter Salamon 1949 / programmation Satellite
JEU DE PAUME

쥐 드 폼 국립갤러리

Galerie National du Jeu de Paume

동시대미술을 즐기고 싶다면

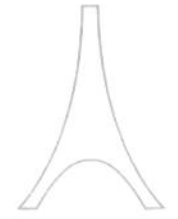

묘지를 나와 몽파르나스Montparnasse 역에서 12번 전철을 타고 아홉 정류장을 지나 콩코드Concorde 역에 도착한다. 리볼리 길Rue de Rivoli의 면세 상점과 서점들을 지나 제법 역사가 있어 보이는 레스토랑으로 들어간다. 오믈렛과 오렌지주스, 카푸치노를 주문하고 음식을 기다리는 동안 나는 미술관 산책 이야기를 늘어놓고 오드레는 곧 이사하게 될 남프랑스 얘기를 늘어놓는다. 여자 셋이 모이면 접시가 깨진다는데 우린 둘이어도 3인 몫을 거뜬히 해냈다. 살아온 환경도 피부색도 다르지만 새삼 사람 사는 것은 다 비슷하다는 생각이 든다.

식사가 끝날 무렵 그녀가 계산서를 요청한다. 한바탕 실랑이 끝에 계산서가 담긴 접시에 내 신용카드를 올려놓는다. 지난번 저녁 식사를 그녀가 샀기 때문에 또 얻어먹을 수는 없는 일이다. 직원이 카드 결제기를 가져와 내 앞에서 카드를 긁고 나는 그가 내민 카드 단말기에 비밀번호를 누른다. 영수증을 두고 간 접시에 팁을 놓으려 하자 오드레가 계산서를 뚫어져라 본다. 계산서 하단에 '서비스료 포함 PRIX SERVICE COMPRIS'이라는 문구를 확인하더니 잔돈을 꺼내는 나를 말린다. 이게 무슨 일인가.

그녀는 오늘 서비스가 마음에 들지 않았단다. 찬바람이 부는데도 문을 열어놓고 자기들끼리 떠들고 서빙도 친절하지 않아서 나도 좀 불쾌했다. 그녀의 말에 의하면 이럴 땐 팁을 주지 말아야 그들이 무엇을 잘못했는지 생각해보고 앞으로 서비스가 좋아지지 않겠냐는 것이다. 여태까지 나는 행여 상식 없는 아시아인이라고 손가락질 받을까 봐 꼬박꼬박 팁을 놓았는데 미국에서 너무 주눅들어 산 건 아닌가 반성하게 된다. 나름 교양이 넘치는 오드레가 그렇게 말하니 따라 해도 될 것 같다는 믿음이 불끈 솟는

다. 그렇다고 이 얘기를 듣고 무턱대고 팁도 안 주는 자린고비가 되지는 말자.

식당을 나와 줄지어 서 있는 상점과 서점을 지나 튈르리 공원으로 향한다. 언제 다시 보게 될지 모르니 공원에서 기념사진을 찍기로 했다. 한국에서 가져온 벙거지 모자를 오드레에게 씌우고 사진을 찍었더니 한국 모자가 파리지앵 스타일이라며 농담을 던진다. 한참을 웃고 떠들며 걷다 보니 지난번 보았던 오랑주리 미술관과 똑같이 생긴 건물이 보인다.

테니스장에서 미술관으로!

이곳은 오랑주리 미술관보다 9년 늦은 1862년에 지어진 쥐 드 폼 국립갤러리Galerie nationale du Jeu de Paume다. '쥐 드 폼'은 테니스의 초기 형태인 프랑스의 전통적인 운동경기를 말한다. 이를 좋아한 나폴레옹 3세가 경기장 목적으로 설립한 뒤 한동안 방치되다가 1909년에 미술 전시관으로 다시 문을 열었다. 제1차 세계대전 때는 배급소로 사용되었고 제2차 세계대전 때는 나치 치하에서 약탈당한 미술품을 보관하는 창고로 쓰였다. 한 번도 모자라 두 번씩이나 전쟁을 치르다니 그 운명도 참 험난하다.

오르세 미술관이 개관하기 전에는 인상주의 미술관이라고 불릴 정도로 주로 인상주의 작품을 소장하고 있었다. 오르세 미술관 개관과 더불어 소장품들이 이관되자 개축 공사를 시작하고 생존 작가들의 작품을 전시한다. 2004년 쥐 드 폼 국립갤러리와 사진 국

쥐 드 폼 국립갤러리 앞.

리볼리 길가에 있는 유럽 대륙 최초의 영어책 서점, 갈리나니. 특히 미술 서적이 많아 유명 디자이너들이 자주 찾는다.

립센터가 합병하면서 회화뿐 아니라 사진, 영화, 비디오, 설치, 미디어아트 등 다양한 장르의 동시대 미술을 소개하고 있다.

1997년 단색화의 거장으로 알려진 이우환의 개인전이 있었고, 2004년에 물방울 화가로 알려진 재불화가 김창열의 회고전이 열렸다. 동시대 미술에 관심 있다면 홈페이지http://Jeudepaume.org에서 전시 정보를 미리 확인하고 들르자.

월요일은 쉬고, 매달 마지막 화요일 오전 11시부터 밤 9시까지 25살 이하 학생은 무료로 입장할 수 있다.

MUSEE
D'ART
MODERNE
SONIA
DELAUNAY

파리시립 근대미술관

Musée d'Art Modern de la Ville de Paris

파리 시가 소장한 걸작 미술품

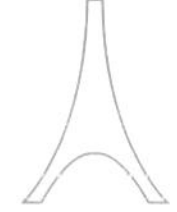

오드레와 튈르리 공원에서 한시간여 산책을 하고 나니 아쉬운 작별의 시간이 왔다. 우리는 공원에서 빠져나와 '비주bisous(볼키스)'를 나누고 헤어졌다. 그녀는 주차해놓은 차 쪽으로 가고 나는 리볼리 길을 건너 카스틸리온Castiglione 정류장에서 버스를 기다린다.

잠시 후 72번 버스가 도착한다. 평소 같으면 풍경도 감상할 겸 걸었을 텐데 파리에 와서 너무 많이 걸었더니 다리가 심하게 부었다.

버스 왼쪽 자리에 앉아 센 강을 바라본다. 10분쯤 지나 '파리시립근대미술관-팔레 드 도쿄Musée d'Art Moderne-Palais de Tokyo' 정류장에서 내려 도로 반대 방향으로 걸으니 곧 분수광장이 나온다. 여기서 동쪽 날개관과 서쪽 날개관이 사이좋게 나란히 보이는데 동쪽 날개관이 바로 파리시립근대미술관이다.

상설전 무료, 목요일은 밤이 좋아

파리시립근대미술관은 파리 시가 관할하는 14개의 미술관 중 하나다. 프티 팔레에 있는 소장품들을 관리할 공간이 필요했던 파리 시가 1961년 이곳에 미술관le Musée d'art moderne을 개관하여 지금에 이르고 있다. 근대 미술관이라고 하니 혼동되겠으나 퐁피두 센터에 있는 국립근대미술관은 국립이고 이곳은 시립이다.

워낙 화려하고 초현대적인 건축물을 보고 다닌지라 이 정도로는 놀랄 게 없지만 소장품 목록에는 동요하지 않을 수 없다. 피카소, 모딜리아니, 샤갈, 볼탕스키를 비롯하여 야수파, 입체파, 파리파École de Paris 등 20세기 작품과 21세기 동시대 작품까지 세계적으로 유명한 작품 1만여 점을 소장하고 있다. 특히 비디오 아티스트 백남준이 프랑스혁명 200주년을 기념해 만든 올랭프 드 구즈Olympe de Gouges도 이곳에 있다.

상설전은 무료로 입장할 수 있다. 5유로를 기부하면 미술관 운영에 도움이 될 거라는 문구에 마음의 동요가 전혀 없다면 말이다. 기획전의 경우 목요일 밤 10시까지도 관람이 가능하다. 일반 시민을 고려한 이러한 융통성 있는 정책은 본받을 만하다.

세계를 놀라게 한 도난 사건

안타깝게도 2010년 5월 불미스러운 일이 발생했다. 피카소의 〈비둘기와 완두콩〉, 마티스의 〈목가〉, 조르주 브라크의 〈에스타크의

분수 광장에서 바라본 팔레 드 도쿄와 파리시립근대미술관.

올리브 나무〉, 모딜리아니의 〈부채를 든 여인〉, 페르낭 레제의 〈샹들리에가 있는 정물화〉 등 인기 작품 다섯 점이 도난당한 것이다.

손실액이 5억 유로에 달한다는 이도 있고 그 두 배라는 사람도 있다. 하지만 피해액을 논하는 게 무슨 의미가 있을까. 그해 10월 피의자 두 명이 체포됐지만 안타깝게도 작품은 돌아오지 않았다. 지금쯤 어디에 있을까? 워낙 유명한 작품이라 거래가 불가능할 테니 누군가 자기만의 만족을 위해 개인 미술관에 모셔놓고 있지는 않을까. 세월이 흘러 작품이 제자리로 돌아온다면 이 미술관은 그야말로 엄청난 유명세에 발붙일 틈이 없을지도.

PALAIS
DE TOKYO

팔레 드 도쿄

Palais de Tokyo

밤의 미술관, 젊은이들의 놀이터

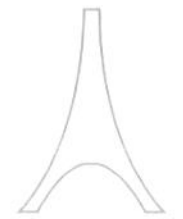

근대 시립 미술관 관람을 마치고 바로 맞은편 팔레 드 도쿄로 향한다. 팔레 드 도쿄는 회화, 조각, 디자인, 패션, 비디오, 영화, 문학, 무용 등 장르를 망라하고 실험적인 동시대 미술을 전시한다. 작품을 소장하지 않는다는 독특한 규정이 있다.

전시관 외에 레스토랑, 바, 서점, 그리고 아티스트 앙주 레시아Ange Leccia가 2001년부터 운영한 창작 실험실 파비옹Pavillon Neuflize OBC이 있다. 분수 광장에서 왼쪽 계단을 오르면 몇 해 전 케이팝K-Pop 콘서트가 열렸던 클럽 요요yoyo가 보인다. 이 클럽은 필요에 따라 전시홀, 콘서트장, 클럽, 영화 상영관으로 사용하는 다목적홀이다. 한마디로 박진감 넘치는 다이나믹한 공간이다.

이처럼 다양한 기능을 갖춘 공간이 있는 팔레 드 도쿄, 동시대 미술에 관심이 없더라도 일본 문화에 관심 많은 파리지앵이라면 팔레 드 도쿄라는 이름만 듣고도 유혹당할지 모른다. 그런데 일본

미술만 보여주는 미술관이 아닌데 왜 이렇게 부를까?

팔레 드 도쿄는 1937년 만국박람회 때 지어졌다. 팔레 드 도쿄의 남쪽, 센 강변에 있는 뉴욕 거리는 원래 드빌리 강변 도로Quai Debilly였는데 1918년 제1차 세계대전 때 동맹국이었던 일본의 수도 이름을 따와 도쿄 거리Avenue de Tokio가 되었다. '팔레 드 도쿄'는 '도쿄의 전당'이라는 뜻이다. 하지만 1945년 제2차 세계대전 때 우방국이었던 미국의 도시 이름을 딴 뉴욕 거리로 바뀌었다.

친분에 따라 길 이름도 바꾼다고 생각하니 그마저도 흥미롭다. 아니 사이가 나쁠 때 길 이름을 바꾼다고 말해야 하나? 당시 시민들은 혼란스러웠을 것 같다.

입구 안으로 들어서니 내부가 매우 독특하다. 100여 개의 스타킹으로 만든 마르탱 소토 클리망Martin Soto Climent의 설치미술 작품과 그 아래 바Bar의 역할을 하고 있는 르 바 바 Le Bas-Bar의 독창적인 아이디어가 돋보인다. 매표소 뒤로 내용물이 보이도록 투명한 유리문을 단 사물함이 있고, 철창살로 이루어진 벽이 서점의 공간을 구분하니 이마저도 현대미술 작품 같다. 프랑스의 현대 건축은 매번 나를 어리둥절하게 만들더니 오늘도 예외가 아니다.

여기는 다른 미술관과 달리 정오부터 자정까지 문을 연다. 야행성 미술관이다. 젊은이들이 좋아할 수밖에 없다. 센 강 건너편 케브랑리 미술관과 함께 파리지앵의 사랑을 독차지할 만하다. 오드레도 친구들과 자주 온다고 했다.

동시대 미술을 파리지앵과 함께 즐길 수 있는 팔레 드 도쿄. 밤늦게까지 왁자지껄 떠들며 작품을 감상하고 예술을 즐길 준비가 되었다면 꼭 들르자.

팔래 드 도쿄 정문. 밤의 분위기는 다르니 해가 저무는 시간에 방문해도 좋겠다.

팔레 드 도쿄 로비에는 다른 미술관에 비해 젊은들이 많다.

독특한 분위기를 자랑하는 도쿄 잇Tokyo eat 레스토랑에 간단히 요기라도 할 겸 들어간다. 젊은이들에게 인기있는 미술관인 만큼 레스토랑 역시 사람이 많다. 떠들썩한 분위기 사이로 앉을 곳을 찾는다.

도쿄 잇 레스토랑의 낮과 밤 풍경.

MU
SÉE
CER
NU
SCHI
MUSÉE
CERNUSCHI
MUSÉE
DES ARTS
DE L'ASIE
DE LA VILLE
DE PARIS
MAIRIE DE PARIS

세르뉘시 미술관

Musée Cernuschi

시니어 파리지앵의 진중한 관람처

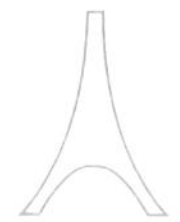

세르뉘시 시립 아시아미술관은 원래 앙리 세르뉘시Henri Cernuschi, 1821-896라는 금융인의 개인 저택이었다. 그가 여행 중 일본과 중국 등지에서 수집한 고미술품을 자신의 저택과 함께 파리 시에 유증하면서 1898년 6월 세르뉘시 미술관으로 재탄생했다. 주로 일선에서 은퇴한 장년층이 즐겨 찾는 미술관이다. 개인 소장품에서 시작된 이 미술관이 100년 넘게 유지해온 것도 대단하지만 소장품이 1만 2,400점에 달하는 프랑스에서 두 번째로 큰 아시아 미술관이 되었다는 점이 더 놀랍다. 특히 유럽의 5대 중국 미술관으로 꼽힐 만큼 중국 미술품이 많다. 한국 미술품은 100여 점이 조금 넘는다.

이곳은 이응노 화백이 1960년대에 파리동양학교를 설립하여 서예와 사군자를 가르치며 한국의 미술을 알린 곳이기도 하다. 근처 몽소공원에 산책할 계획이 있다면 가볍게 들러봐도 좋겠다.

Musée national des arts asiatiques–Guimet

기메 아시아 미술관

Musée Nationale des Arts Asiatiques Guimet

프랑스 최대 아시아 미술관

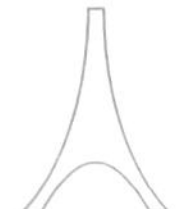

팔레 드 도쿄에서 나와 프레지덩 윌슨 거리Avenue du Président Wilson를 200미터쯤 거슬러 올라가니 이에나Iéna 광장이 나오고 맞은편에 전철역이 보인다. 그 옆으로 국립 아시아 기메 미술관이라고 쓰인 파란 현수막이 보인다. 현수막 끝을 올려다보니 건물 꼭대기 층이 어딘지 특이하다. 파리에서 자주 보지 못한 스타일이다. 밤이면 조명에 비친 꼭대기 테라스에서 공주님이 나와 인사할 것 같은 분위기다.

기메 미술관은 아시아 문화에 관심 있는 파리지앵이라면 모르는 사람이 없다. 기메는 국립 아시아 미술관으로서 양적으로나 질적으로 수준 높은 컬렉션을 자랑한다. 5만여 점이 넘는 고미술품뿐 아니라 10만여 권의 고서적과 고문서를 보유하고 있어 아시아 문화를 연구하고 공부하는 이들이 자주 찾는다. 상설전과 특별전 외에도 세미나, 음악, 무용공연 등 다양한 장르의 행사가 열려 아

밤에 바라본 기메 미술관.

시아 문화예술에 관심 많은 파리지앵이 즐겨 찾고 있다.

기메 미술관을 설립한 이는 아시아 미술을 사랑했던 리옹 출신의 사업가, 에밀 기메Émile Guimet, 1836-1918다. 그는 여행을 통해 수집한 고미술품과 고문서들을 1879년 리옹에서 전시하는데 이것이 미술관 건립의 기초가 된다. 그는 자신의 미술관을 사후에 국가에 헌납할 것을 약속하고 파리 시로부터 미술관 부지 매입비를 보조받아 1889년 파리 16구에 기메 미술관을 개관했다. 1945년 프랑스 정부가 미술품 컬렉션을 재배치하는 과정에서 기메 미술관에 있던 이집트 고미술품은 루브르로 이관하고 루브르의 아시아 고미술품은 기메 미술관에 더해져 소장품이 더 풍성해진다. 명실상부 아시아 전문 미술관이 된 것이다. 개인의 아시아 문화에 대한 열정이 기메 미술관을 유럽 제일의 아시아 미술관으로 만든 것이다. 정말 존경스럽다.

기메 미술관은 상설전시 공간 중 110평 정도를 한국관에 할애하고 있다. 프랑스 민속학자 샤를 바라Charles Varat가 조선에서 직접 수집해온 고미술품을 중심으로 1893년 한국관이 문을 열었다. 현재 기메가 소장하고 있는 한국 고미술품은 1,000여 점에 이른다. 소더비 경매에서 13억 원에 낙찰받은 고려시대 불화의 꽃 〈수월관음도〉를 비롯하여 천수관음보살상, 반가사유상, 신라 금관, 고려청자, 조선시대 김홍도의 8폭 풍속화 등 국보급 유물들이다. 상설전 외 특별전을 통해서도 한국 작가의 작품이 소개되곤 하는데 이러한 관심이 앞으로 한국 동시대 미술 작가의 전시로 확대되길 기대해본다.

트로카데로에서 에펠탑을!

오드레가 추천해준 파리지앵이 자주 가는 미술관 투어를 마치고 트로카데로 광장Place du Trocadéro에 왔다. 에펠탑이 가장 잘 보이는 곳이다. 유학 시절 한국에서 친구들이 놀러오면 꼭 이곳에서 기념사진을 찍곤 했다. 오늘도 모여든 인파로 카메라 앵글 잡기가 쉽지 않다. 사람들이 돌아가고서야 겨우 자리를 잡았다.

그간 둘러본 파리의 미술관들이 하나둘 생각난다. 그림은 변하지 않았지만 볼 때마다 다른 느낌이다. 다음에는 어떤 작품이 내 가슴속을 파고들까? 내 그림도 어느 누군가의 심장에 울림을 줄 수 있기를 기대하며 파리의 눈 부신 야경과 마주한다. 낮에 본 차가운 철탑이 아닌 아름다운 빛을 뿜어내는 센 강의 여제, 에펠탑과 함께 파리에서의 마지막 밤이 서서히 저물어 간다.

쥬뗌므, 파리!

참고문헌

1. 『진중권의 서양미술사 : 고전예술편』, 진중권, 휴머니스트 , 2008, p.23-26.
2. 『다큐멘터리 미술』, KBS다큐멘터리 미술 제작팀&이성휘, 예담, 2011, p.19-24.
3. 『다큐멘터리 미술』, KBS다큐멘터리 미술 제작팀&이성휘, 예담, 2011, p.49.
4. 『관능미술사』, 이케가미 히데히로, 송태욱 옮김, 전한호 감수, 현암사, 2015.
5. http://www.universalis.fr/encyclopedie/auguste-renoir/2-le-temps-de-l-impressionnisme
6. 『세상에서 가장 비싼 그림 100』, 이규현, 알프레드, 2015, p.135-137.
7. 『세상에서 가장 비싼 그림 100』, 이규현, 알프레드, 2015, p.23-27.
8. 『세상에서 가장 비싼 그림 100』, 이규현, 알프레드, 2015, p.119-122.
9. 『반 고흐 영혼의 편지』, 빈센트 반 고흐, 신성림 옮기고 엮음, 예담, 2005, p.208.
10. 『세상에서 가장 비싼 그림 100』, 이규현, 알프레드, 2015, p.109-113.
11. 『악의 꽃』, 샤를 보들레르, 공진호 옮김, 아티초크, 2015.
12. 『이주헌의 서양미술 특강』, 이주헌, 아트북스, 2014, p.45-64.
13. 『PARIS, ESPACE 파리, 에스파스』, 김면, 허밍버드, 2014, p.234.
14. 『루이 14세는 없다』, 이영림, 푸른역사, 2009, p.266.
15. 『루이 14세와 효명세자의 무용예술과 업적 비교연구』, 나일화, 무용예술학연구-한국무용예술학회 제14집, 2004년 가을호, p.95-118.
16. 『루이 14세는 없다』, 이영림, 푸른역사, 2009, p.254.

『가고 싶은 유럽의 현대미술관』, 이은화, 아트북스, 2011.
『카미유 클로델』, 카미유 클로델, 김이선 옮김, 마음산책, 2010.
『관능미술사』, 이케가미 히데히로, 송태욱 옮김, 전한호 감수, 현암사, 2015.
『다큐멘터리 미술』, KBS다큐멘터리 미술 제작팀&이성휘, 예담, 2011.
『디테일로 보는 명작의 비밀1』, 인상주의, 다이애나 뉴월, 엄미정 옮김, 시공아트, 2014.
『루이 14세와 베르사유 궁정』, 생시몽, 이영림 편역, 나남, 2014.
『루이 14세는 없다』, 이영림, 푸른역사, 2009.
『먼나라 이웃나라 2』 프랑스, 이원복, 김영사, 2012.
『반 고흐 영혼의 편지』, 빈센트 반 고흐, 신성림 옮기고 엮음, 예담, 2005.
『반 고흐 영혼의 편지 2』, 빈센트 반 고흐, 박은영 옮김, 예담, 2008.
『베르사유』, 알래 푸즈투, 고선일 옮김, 창해, 2000.
『변화하는 파리와 프랑스 현대건축』, 도시환경 속의 건축, 백승만, 세진사, 2004.
『봉주르 프랑스』, 엄홍석, 지앤유, 2015.
『서양미술사 THE STORY OF ART』, E.H. 곰브리치, 백승길 이종승 옮김, 예경, 2013.
『세계명화 비밀』, 모니카 봄 두첸, 김현우 옮김, 생각의나무, 2002.
『세상에서 가장 비싼 그림 100』, 이규현, 알프레드, 2015.

「스캔들 미술관」, 엘레아 보슈롱 & 디안 루텍스, 박선영 옮김, 시그마북스, 2014.
「신곡 지옥편」, 단테 알리기에리, 박상진 옮김, 민음사, 2007.
「악의 꽃」, 샤를 보들레르, 공진호 옮김, 아티초크, 2015.
「역사의 미술관」, 이주헌, 문학동네, 2011.
「예술, 상처를 말하다」, 심상용, 시공사, 2011.
「50일간의 유럽 미술관 체험 1」, 이주헌, 학고재, 2005.
「윤운중의 유럽미술관 순례 1」, 윤운중, 모요사, 2013.
「이주헌의 서양미술 특강」, 이주헌, 아트북스, 2014.
「인상파 파리를 그리다」, 이택광, 아트북스, 2011.
「지식의 미술관」, 이주헌, 아트북스, 2009.
「진중권의 서양미술사 : 고전예술편」, 진중권, 휴머니스트, 2008.
「처음 읽는 서양미술사」, 기무라 다이지, 박현정 옮김, 휴머니스트, 2012.
「PARIS, ESPACE 파리, 에스파스」, 김면, 허밍버드, 2014.
「화가의 눈, 그들은 우리와 다른 눈으로 세상을 본다」, 플로리안 하이네, 정연진 옮김, 예경, 2012.
「화가와 모델」, 이주헌, 예담, 2003.
「화가의 집」, 제자르 조르주 르메르, 이충민 옮김, 아트북스, 2011.
「현대의 삶을 그리는 화가」, 샤를 보들레르 지음, 정혜용 옮김, 은행나무, 2014.
「Petite encyclopédie de l'impressionnisme」, Gabriele Crepaldi, SOLAR, 2006.

도록

VISITER ORSAY, Textes de Valérie Mettais, Artlys, 2012.
「Louvre 300점의 걸작들」, Textes Frédéric Morvan, Musée du Louvre Editions, Editions Hazan, 2006.
「Retrospective RODIN 신의 손」, 로댕, 한국일보사, 2010.
「Claude Monet à Givernny」, Editions Claude Monet Giverny, 2010.
「베르사이유 특별전 = Exposition du château de Versailles : 루이 14세에서 마리 앙투아네트까지」, 지엔씨미디어, 2010.

매거진

「BEAUX-ARTS hors série-로댕박물관」, Beaux Arts magazine, 2001.
「Connaissance des ARTS hors série」, N.282-Le musée de l'Orangerie, 2006.

논문

「루이 14세와 효명세자의 무용예술과 업적 비교연구」, 나일화, 무용예술학연구-한국무용예술학회 제14집, 2004년 가을호.
「'제프 쿤스 베르사유'전을 통해 본 베르사유Versailles vu au travers de L'exposition 'Jeff Koons

Versailles'』, 손정훈, 서울대학교 불어문화권연구소 연속간행자료, 2009.
『1900년 파리 만국박람회 '한국관'의 건축경위 및 건축적 특성에 관한 연구』, 진경돈, 박미나, 한국실내디자인학회 논문집, 제17권 제4호, 2008.

온라인 사이트

그랑 팔레 국립 갤러리 http://www.grandpalais.fr
기메 아시아 미술관 http://www.guimet.fr
귀스타브 모로 미술관 http://musee-moreau.fr
네이버 지식백과 http://terms.naver.com
들라크루아 미술관 http://www.musee-delacroix.fr
로댕 미술관 http://www.musee-rodin.fr
루브르 미술관 http://www.louvre.fr
마르모탕 모네 미술관 http://www.marmottan.fr
모네 재단 http://fondation-monet.com
반 고흐 미술관 https://www.vangoghmuseum.nl
베르사유 성 http://www.chateauversailles.fr
세르뉘시 미술관 http://www.cernuschi.paris.fr
위키피디아 백과사전 https://fr.wikipedia.org
오베르-쉬르-우아즈 http://www.tourisme-auverssuroise.fr
오르세 미술관 http://www.musee-orsay.fr
오랑주리 미술관 http://www.musee-orangerie.fr
제프쿤스 베르사유전 http://www.jeffkoonsversailles.com
제프쿤스 http://www.jeffkoons.com/exhibitions/solo/jeff-koons-versailles
지베르니 http://giverny.org
쥐 드 폼 국립갤러리 http://www.jeudepaume.org
케브랑리 미술관 http://www.quaibranly.fr
카르티에 재단 https://www.fondationcartier.com
퐁피두 센터 https://www.centrepompidou.fr
파리시립근대미술관 http://www.mam.paris.fr
팔레 드 도쿄 http://palaisdetokyo.com
프티 팔레 근대 미술관 http://www.petitpalais.paris.fr
프랑스 철도 공사 http://www.voyages-sncf.com

이소_벨에포크_130.3x97cm_캔버스에 혼합재료_2015

벨 에포크(=아름다운 시대)_현대인은 화려한 문명을 이룩했음에도 지난 시간이 참으로 아름다웠음을 끊임없이 감지한다. 시간을 거슬러 내가 천착한 곳은 자연의 시간이 아롱아롱 펼쳐지는 세계다.

이소_나無 XVII_130.3x97cm_캔버스에 혼합재료_2013

나無_휘몰아치는 나뭇가지의 선이, 마음으로 몸부림치는 현대인의 몸짓을 닮았다.

그의 모습이 애처롭고도 한편 너무도 아름다워 자꾸만 나의 시선이 머문다.

화가가 사랑한 파리 미술관

이소 작가와 떠나는 그림 산책

초판 1쇄 인쇄 2017년 9월 18일
초판 1쇄 발행 2017년 10월 6일

지은이 | 이소
발행인 | 장인형
임프린트 대표 | 노영현
책임편집 | 조혜정

펴낸 곳 | 다독다독
출판등록 제313-2010-141호
주소 서울특별시 마포구 월드컵북로4길 77, 3층
전화 02-6409-9585
팩스 0505-508-0248

ISBN 978-89-98171-36-0 03810

잘못된 책은 구입한 곳에서 바꾸실 수 있습니다.
다독다독은 틔움출판의 임프린트입니다.